ハヤカワ・ミステリ

ROBERT VAN GULIK

紅楼の悪夢

THE RED PAVILION

ロバート・ファン・ヒューリック
和爾桃子訳

TOKYO HAYAKAWA BOOKS

A HAYAKAWA
POCKET MYSTERY BOOK

THE RED PAVILION

by

ROBERT VAN GULIK

Translated by

MOMOKO WANI

First published 2004 in Japan by

HAYAKAWA PUBLISHING, INC.

This book is published in Japan by

direct arrangement with

SETSUKO VAN GULIK.

図版目次

花魁娘子《かかいじようし》との出会い……………………………21

狄《ディー》判事と羅《ルオ》知事……………………………………27

妓女を見つける……………………………………63

賈玉波《チアユウボウ》秀才を尋問する…………………………81

庭のあずまやで……………………………………91

幻の秘伝、錘術《すいじゆつ》……………………………………139

樂園全景
1
2
3
7
8
9
10
11
12
13
14
14
14
RH
VG

楽園島全景

1 永楽館

2 紅堂楼《こうどうろう》

3 花《か》魁娘《かいじよう》子《し》の拝月亭

4 園内の料亭

5 大浴場

6 道観

7 賈玉波《チアユウポウ》の宿

8 大賭場

9 白鶴楼

10 還魂橋《かんごんきよう》

11 財神廟

12 馮《フエン》里正屋敷

13 温《ウエン》の骨董店

14 妓坊（妓館のたちならぶ一角）

15 凌《リン》さんのあばらや

16 蟹《かに》やんの家

17 浮き桟橋

18 荒れ野

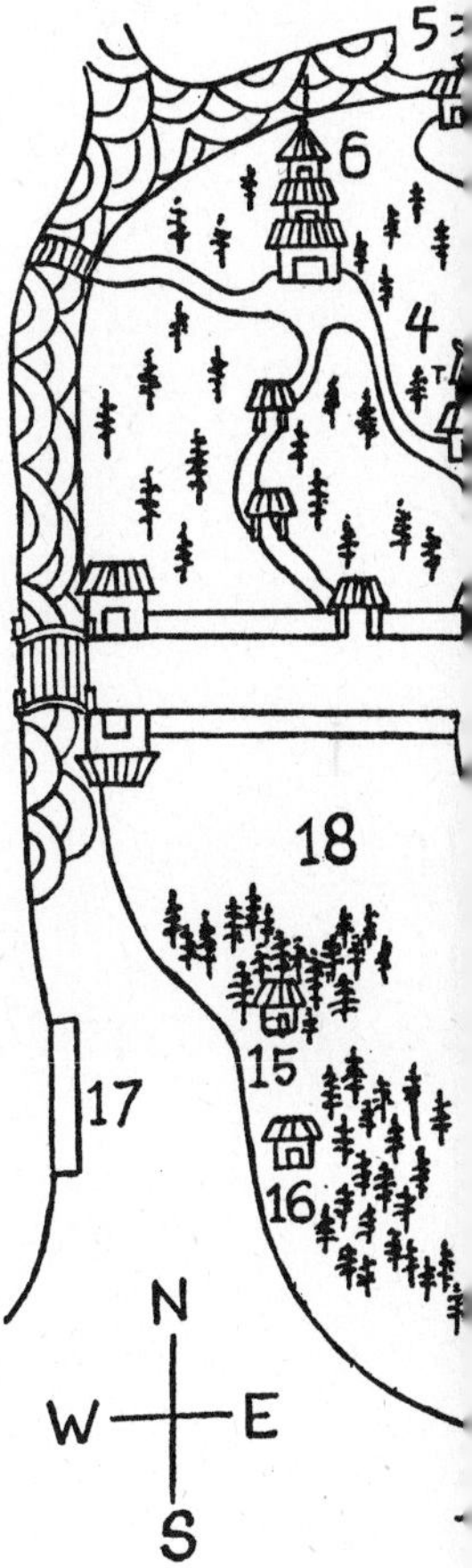

西暦七世紀も半ばをすぎ、日本では聖徳太子の没後四十一年。唐の天下統一から早くも半世紀、戦乱の記憶もうすれ民心ようやく定まり、白村江《はくすきのえ》では倭《やまと》・韓《から》の連合軍を打ち破って内外に大帝国の貫禄を見せつけ、ひとつの偉大な時代がいま、まさに花開こうとしていた。ちょうどそのころ、はじめての任地に赴く県知事がいた。名は狄仁傑《ディーレンチエ》。またの名を「狄《ディー》判事」と呼ばれる。

本篇は、第三の任地・蒲陽《プーヤン》県の知事だった時、隣県の楽園島で起きた事件である。

紅楼の悪夢

装幀　勝呂　忠

登場人物

狄判事《ディー》……………蒲陽《プーヤン》県知事（この時代、知事は判事を兼ねる）
馬栄《マーロン》………………狄《ディー》判事の副官
羅寛充《ルオクワンチユン》…………金華《チンフア》県知事
秋月《しゆうげつ》………………楽園島の花魁娘子《かかいじようし》（妓女の最高位）
銀仙《ぎんせん》………………楽園島の妓女
賈玉波《チアユウボウ》……………書生
李璉《リーリエン》………………国子監《こくしかん》博士（最高学府の教授）
李魏挺《リーウエイジン》……………李璉《リーリエン》の父
馮戴《フエンダイ》………………楽園島の里正《りせい》（土地の顔役のかしら）
玉環《ぎよくかん》………………馮《フエン》の娘
蟹《かに》やん……………馮《フエン》の部下
小蝦《こえび》どん…………馮《フエン》の部下
陶番徳《タオパンテー》……………楽園島の顔役
陶匡《タオクワン》………………陶番徳《タオパンテー》の父
温　元《ウエンユアン》……………骨董店主
凌《リン》…………………老妓

1

盂蘭盆《うらぼん》来りし楽園の地で
永楽館に部屋をもとめる

「何しろ盂蘭盆《うらぼん》のおまつりにかかっておりましてねえ、夏中でいちばん混みますんで」でっぷりした宿のあるじはそう言って、さきほどのせりふを口にした。「まことに申し訳ございませんが」

　長身美髯の人品いやしからぬ客を、しんから惜しそうに帳台《カウンター》から眺める。じみな茶の長衣と黒帽なので身分はわからないが、風采やものごしはみるからにお役人、それもおえらがた――ひと晩の宿賃をたんまり頂戴できる客筋だ。

　客の福々しい顔をいらだちがよぎる。ひたいの汗をぬぐい、かたわらの壮漢《おとこ》に言った。

「盂蘭盆会《うらぼんえ》とは、きれいに忘れていた！　われながら気がつきそうなものだ、沿道に供物台があったんだから。さて、これで断わられた宿は三軒めだ。いっそのこと馬を飛ばして金華《チンフア》のまちまで今晩中に行くか。つくとすればいつごろかな？」

　つれは広い肩をすくめた。

「いやあ、こればかりはなんとも。ただでさえ北金華《チンフア》県のこっち側はよく知らんのに、暗くちゃなおさらですよ。川だって、もう二度や三度はどうしたってぶつかるでしょう。ことによると夜中ぐらい――それも運よく渡し舟があればの話ですがね」

　帳台《カウンター》のろうそくをそうじしていた帳付けの老人が、あるじの視線をたくみにとらえる。こんどは甲高い声を出して、

「どうでしょう、だんながたを紅堂楼《こうどうろう》（紅の客室）にお泊めし

ちゃ？」

あるじが丸っこいあごをさすり、おぼつかなげに「そりゃまあ、いい部屋ではあるが。西向きで夏じゅう涼しいし。それにしたって、空気もろくに入れかえてないし……」

「空き部屋ならそこにする！」ひげの男が急いでさえぎった。「けさは早くから馬に乗りづめだったんだ」つれに「鞍袋を両方ともはずして、うまやに馬を預けてこい」

「お泊まりいただくのはともかく」あるじが口をはさむ。「手前どもといたしましては、いちおう申し上げておきませんと……」

「宿代の上乗せなら、いっこうにかまわんぞ」相手がまたもや先回りする。「宿帳を！」

ぶあつい宿帳に「七月二十八日」と記した箇所をあけてよこす。筆を湿した客が太字で、「蒲陽《プーヤン》県知事狄仁傑《ディーレンチエ》、公務にて都より帰途。副官馬栄《マーロン》随行」宿帳を返しぎわ、「永楽館」の大きな題字が目にとまった。

「これはこれは、おとなりの知事さまで。おいでいただきまして光栄しごくに存じます！」にこやかに述べたあるじだが、客が背を向けるや形相が一変した。聞こえぬように「まずいよ！　名うての詮索屋じゃないか！　ばれなきゃいいがな……」懸念のおももちでかぶりをふる。

狄《ディー》判事はさきほどの老人に案内されて帳場をぬけ、前院子《なかにわ》に出た。両側の大きな二階建てではさかんな人声に嬌声がまじり、灯明かりのこぼれる窓辺をにぎわす。「もうねえ、ほんとに満室でございまして！」先に立って院子をぬけ、格式ばった垂花門をくぐりながら、しらがのあごひげを揺らして老人がつぶやいた。

こんどは塀囲いのしゃれた庭に出た。あかぬけた植え込みの花々や、金魚が遊ぶ池の静かな水面を月光が洗う。狄《ディー》判事は長袖で顔をぬぐった。こんなひらけた風通しのいい場所さえ、むっと暑くてかなわない。管弦をまじえた宴席のさんざめきが、右手の建物からする。

「また、ずいぶんと早いのだな」と感想を述べる。

「楽園島の音曲《おと》がやむのは午前中ぐらいなもんですよ、だんな！」さも得意げに老人が言う。「どのうちだって昼前にはあいてます。あとは朝食《あさ》も昼食《ひる》もまとめて夕方にずれこみ、夜食《よる》は夜っぴて翌朝にずれこむってえ騒ぎでさ。島のにぎわいぶりはひとつ、じかに見聞きしてやっておくんなさい。そりゃあ見ものでござんすよ！」

「あれが客室に響くと困る。きょうは馬に乗りづめだったし、あくる朝にはまた馬で発《た》たねばならん。早めに休みたい。むろん静かだろうな？」

「え、ええ、そりゃもう！」口ごもってあたふたと先を急ぎ、薄暗い長回廊に入る。ゆきどまりに背の高い戸口があった。

老人がちょうちんをかかげ、豪奢な金漆彫りの扉を照らす。重い扉を押し開けた。

「お部屋は旅館の真裏にあたりまして、窓から園内のけしきがよく見えます。それに、すこぶる静かでございますよ」

入ると狭い脇の間で、両側にひとつずつ入口があった。右手のとばりを老人が開け、広い部屋を見せた。まっすぐ中央の卓に行って対《つい》の銀燭をともしてから、裏口の戸と窓をあけはなつ。

かびくささが鼻につくが、部屋そのものはよさそうだった。白檀むくの木地を生かして彫りと艶出しをかけた高椅子四脚が卓をとりまく。向かって右壁の長椅子も、左の鏡台もみな白檀材――りっぱな時代もの、壁面を飾る花鳥の軸も逸品ぞろいだ。見ると、裏口のつづきに露台がひらけている。竹の藤棚から花がこんもりとしだれて、視界の三方をさえぎる。正面でぐっと高くなった露台周りの茂みごしに広い園内が遠くひろがる。梢の高みに色絹の花ちょうちんがともり、奥に見え隠れする二階家からかすかに音楽がひびく。それ以外は静かなものだった。

「こちらがお居間でして」老人がへつらい顔をする。「ご寝室はあちらの向かいでございます」

判事を案内してさっきの脇の間に戻り、凝った鍵でがんじょうな扉を開けた。

「ここまで念入りに戸締りするというのは？」と、狄判事《ディー》がたずねる。「同じ客室のうちだ、鍵をかけるさえ珍しいのに。賊でも出るのか？」

相手がこずるそうに笑う。

「お客様がたが、その……野暮はなしにしろとおっしゃるもんで！」のどの奥で笑いをもらし、あわてて言いつくろった。「その戸はこないだ鍵が壊れたんですがね、同じ種類のやつに取り替えときましたから、内でも外でも開きますよ」

寝室もやはり贅沢だった。左の巨大な天蓋つき寝台、手前の卓と椅子、右隅の洗面台と鏡台にいたるまで、家具調度は木彫りの総朱塗りだ。寝台のとばりはどっしりした紅錦、床《ゆか》は紅絨毯《べにじゆうたん》を厚くしきつめる。窓は裏向きのひとつだけだ。よろい戸を開けると、頑丈な鉄格子をすかして、宿裏にひろがる園がふたたびあらわれた。

「この客室を紅堂楼《こうどうろう》と呼ぶのは、寝室が紅一色だからだな？」

「はい、さようで。できて八十年になります。実を言えば旅館が建ったころです。女中にお茶を運ばせましょう。閣下は外でお食事なさいますんで？」

「いや。ここに運んで給仕させてくれ」

さっきの居間に戻ると、馬栄《マーロン》が大きな鞍袋をふたつ持って部屋に入ってきた。老人は絨氈靴《フェルト》のおかげで音もなく姿を消した。さっそく荷ほどきにかかった馬栄《マーロン》が、判事の着替えをきちんとそろえて長椅子にのせる。えらのはった大きな顔は小さな口ひげを残してきれいに剃っている。もとを正せば街道筋の追いはぎだったが、数年前に心を入れかえ、判事に仕えるようになった。拳《けん》術の達人で、凶悪犯の捕物など危険任務となると本領を発揮する。

「ここで寝ればいい、その長椅子で」と、判事。「一晩だけのことだし、外で宿を探す手間が省けるだろう」

「ああ、おれならべつに、どっかそのへんで適当にみつけますよ！」副官がお気楽にのたまう。

「酒と女ですっからかんにならなければの話だろうが！」

判事がたしなめる。「楽園島は賭博と妓女でもっておる、客をかもにするなど朝飯前だぞ！」

「ご心配なく！」馬栄《マーロン》がにやりとする。「そういや、どうして島って言うんです？」

「そりゃ、四方を水路がとりまくからだとも。だが本題に戻ろう！　忘れるなよ、馬栄《マーロン》、来たそうそう目にした石の太鼓橋を。還魂橋《かんごんきょう》と呼ぶわけはだな、楽園島の浮かれ気分にあてられると、だれでも人が変わったように腑抜けにされてしまうからだ！　また、その気になれば懐に金もあることだしな。都の伯父さんの遺産は黄金二錠じゃなかったか？」

「そうです！　けど、あの金にはぜったい手をつけません！　年とったら故郷《くに》に戻って、小さな家と舟を買うんです。でも、持ち合わせはほかに銀二粒あります。運試しにはそっちを使いますよ！」

「あすの朝食前には戻れ、くれぐれも遅れんようにな。早立ちすれば四時間ほどで北金華《チンフア》を抜けて正午にまちに出る。旧知の羅《ルオ》知事には寄ってあいさつせんと。ひとの県をまさか素通りもできまい。あとは馬をとばして蒲陽《プーヤン》に帰ろう」

こわもての副官は一礼し、ごゆっくりお休みくださいとあいさつした。お茶盆を運んできた若くて器量よしの女中とすれちがいざま、派手に目配せして出ていく。

「お茶は外の露台で」と狄《ディー》判事が命じた。「夕飯も支度ができしだい、そこで給仕してくれればいい」

女中がさがると露台に出た。長身をかがめ、円い小卓の竹椅子におさまる。こわばった脚をのばして熱いお茶をすすり、みちたりた気分で、上首尾だった都での十数日をふりかえる。前年に裁いたさる仏寺がらみの事件で、都の裁判所に呼ばれて詳細を提出した。これで、あとは一刻も早く現職に戻りたい。あいにくの大水で金華《チンフア》県経由を余儀なくされたのは痛かったが、それとてしょせんは一日遅れというだけのこと。軽佻浮薄な楽園島の空気は肌に合わんが、これだけの構えの旅館にこの閑静な部屋はめっけものだ。これからさっとひと風呂浴びて軽く腹におさめ、あとはぐっすり休もう。

椅子に沈みかけて、ふと身がこわばった。あきらかに誰かの目を感じる。椅子ごしにすばやく首をひねり、居間を見わたす。だれもいない。立って紅《べに》の間《ま》に近寄り、窓の鉄格子をのぞきこむ。人影はない。欄干《らんかん》に寄って、露台まわりをとりまく深い茂みをつぶさに検分した。見た限り、濃い下陰に動きはない。だが、腐れ落葉のような異臭が鼻をついた。また席にもどる。きっと気のせいだ。

椅子を欄干に寄せてかなたの園を望む。遠目にも、梢の緑に色とりどりの灯が映える。だが、さきほどの安らかなくつろぎは二度と叶わなかった。凪《なぎ》の暑さが耐えがたくなるにつけ、がらんとした園がこんどは険悪な気を放って人を寄せつけまいとするかのようだ。

右手の藤棚で葉ずれの音がして、はっとそちらを向いた。花に隠れておぼろな立ち姿が露台端にある、若い女だ。肩の力を抜き、視線をもとに戻して声をかけた。

「夕飯の盆なら、この小卓に置いてくれ」

抑えた笑い声が返ってきた。驚いてまた目をやる。意外にも女中ではなく、白紗のうすものをすそ長くひいた、すらりとした若い女だった。つややかな洗い髪を長く垂らしている。気がさしたように判事が、

「これは失礼した、女中と思ったもので」

「ほめことばとは申せませんわね、確かに」涼しい声音だった。こころもち頭をさげて藤の花のすだれをくぐる。背後の欄干に木戸と、旅館わきの小道に出るらしい下り階段のとば口が見えた。近くで見ると絶世の美人だ。輪郭正しい中高《なかだか》の細面で、ことに眼がすばらしい。湿りけをおびた紗が素肌にまといつき、透けて目のやり場に困る。ま四角な手提げ化粧箱を片手に、欄干に背をあずけて上から下までぶしつけに判事を品定めした。

「そちらも落度はある」窮して言った。「ここは客室、泊まり客以外はお断わりですぞ!」

「お断わり? 私《わたくし》を断わる場所など、この島にはありませんわ!」

「何者だ？」

「楽園島の花魁娘子《かかいじょうし》と申します」

「なるほど」口が重くなった。内心でこれはまずいことになったと思いつつ、ひげをなでる。名だたる歓楽地ではたしか、名士の顔ぶれが協議をおこなった上で、最高の美貌と評判をそなえた妓女をその年の花魁娘子に選ぶ。選ばれた妓女は風雅の集まりで重んじられ、うわついた花柳界の流行を定めるお手本とされ、装いのはしばしにいたるまで女たちが競ってまねる。肌もあらわなこの女を、なんとか怒らせずに厄介払いしないといけない。そこで、鄭重にたずねた。

「望外のお越しはどういう次第ですかな？」

「ほんの偶然ですわ。園内の向こう側にある大浴場に行った帰りですの。私《わたくし》の拝月亭《はいげってい》は、この露台から旅館の横手にぬけたほうが近いもので。あちらの左手、松林のさきですわ。こちらはたしか空き部屋のはずでしたけれど」

判事の目つきがけわしくなった。「もうずいぶん前から、ここでつぶさによぅすを見ておられた感じを受けるが」

「人を見る趣味などございません。人に見られるならともかく」口では高飛車ながら、さっと顔が曇った。居間へと開け放した戸口をちらりと見て、眉をひそめる。「私が盗み見なんて、そんな突拍子もないことをどこから思いつかれましたの？」

「漠然とだが、誰かに見られている気がしたので」

しなやかな裸身に、透ける長衣をいっそう巻きつけた。

「変ね。まったく同じ感じがするの、ここへあがって来る少し前から」一瞬の間をおいて気を取り直し、ことさら茶目っけに紛らす。「気にしないわ、つきまとわれるなんてしょっちゅうよ！」

ころころと笑い声をふりまく。はたと笑いやみ、みるみる青ざめた。間髪を入れず判事がふりむく。どさくさにまぎれた不気味な忍び笑いを同じく聞きとがめたのだ。寝室の鉄格子窓かららしい。女がごくりとつばを飲み、ただならぬ声で、

「紅の間にいるのはだれ?」

「だれもおらん」

女が左右にすばやく目を配り、ふりむいて園の二階家に目を凝らす。音楽はとうにやみ、こんどはやんやの喝采につづいて嬌声があがった。ぎこちない間のあと、判事がさらりと言う。

「あちらはずいぶん盛り上がっとるようだ」

「あれは園内の料亭ですの。一階では極上の料理を出しております。二階は、その……親密なお楽しみ専用ですわ」

「なるほど。さて、楽園島きっての美人にお会いする機会を得てじつに幸いだった。まことに残念ながら今夜は先約があるので、これにておいとまさせていただく」

女はいっこうに動く気配を見せなかった。化粧箱を下に置き、両手をうしろ頭に組んでからだを弓なりに反らせ、尖《さき》の立ったひきしまった双胸と柳腰、ふくよかな太腿を見せつけた。妓女のならいで、からだじゅうの毛は一本残らず抜いているといやでもわかる。あわてて目をそらした判事に平然と、

「これ以上は見ようったって見られませんわね?」ことばもなく当惑するさまをつかのま楽しみ、両手をおろしてきげんよくつづけた。「いまはとくに急いでませんの。今宵は宴の主賓をつとめますので、これからお迎えが来ます、私に首ったけのさるお方。待たせておけますわ。あなたのことを話してくださいな。とってもいかめしそうね、その長いおひげ。きっと都の高官とか、そういった方なんでしょうね?」

「いやいや、ただの地方役人です。綺羅星のようなごひいき筋の方々からすれば、つまらぬ者ですよ!」立ち上がってさらに「さて、外出の支度にかからねば。これ以上おひきとめしてはいけませんな、さだめし戻ってお化粧にかかりたくお思いでしょうから」

豊満な朱唇が嘲りにゆがんだ。

「聖人君子きどりはおよしになって! いましがたの目つきを見れば、気のないそぶりをしてもむだというものよ

花《か》魁《かい》娘《じょう》子《し》との出会い

！」

「とるに足らぬ私ごときの分際で」硬い口調で判事が言った。「万が一にもそのような高望みを抱けば、まったく身のほど知らずというもの」

女が眉をひそめる。こんどは口もとにきびしいしわがあらわれた。

「身のほど知らずでしょうね、まったく！」ことばがけわしくなる。「はじめは構えたところがなくて好感が持てると思ったけど、よくわかったわ。つまりはどうでもいいのね」

「わずらわしいのだ」

両頬に怒りの血がのぼった。欄干から離れた女が化粧箱を拾い上げ、啖呵を切る。

「こっぱ役人のくせによくも！　言っときますけどね、三日前、文名高い都のお若い方がここで命を絶ったのよ、私のせいでね！」

「歎き悲しんどるようには見えんがな！」

「死んだ人のことでいちいち歎き暮らしてたら」毒々しい口ぶりだ。「一生かかって喪に服したって追いつかないわよ！」

「みだりに死だの喪だの口にしてはいかん」判事がたしなめる。「盂蘭盆会《うらぼんえ》が終わっとらんのに。地獄の門がまだ開いておる、死者の魂もわれらとともにあるのだぞ」

園の二階家で弦をつまびく音がする。だしぬけに、またあのひそやかな忍び笑いだ。露台下の茂みらしい。花魁の顔がひきつり、憤懣をぶちまける。

「こんなしんきくさいところ、もうたくさん！　せいせいするわ、ここともはじきにおさらばよ！　お金持ちで詩人のさるご大官が身請けしてくださることになってるの。そしたら知事さまの奥方よ。ひとにそういうことがあったら、何とか言うのがあたりまえじゃないの？」

「それはおめでとう、と言うまでだ。ご主人のほうにも」

いささか気がすんだようで、形ばかり頭をさげた。きびすを返して言う。

「ご主人は本当にそうね！　奥方連はそれどころじゃないでしょうけど。じきにみんなお屋敷から叩き出してやるわ！　ほかの女と寵を競うなんてまっぴらよ！」

　形のいい尻を振って藤棚の反対端に向かった。花のすだれをかきわけて姿を消す。たぶん、下り階段がべつにあるのだろう。高価ななごり香があとにただよう。

　いきなり吐き気をもよおす腐臭がとってかわった。露台正面の茂みだ。欄干越しに判事が身をのりだし、どぎもをぬかれてあとずさった。

　茂みのなかに、業病にとりつかれたおぞましい姿の乞食が立っていた。骨と皮ばかりで汚いぼろにくるまっている。崩れた顔の左半分にいくつも傷跡が走り、左眼がなかった。残る片眼が悪意のほむらを燃やして判事をにらみつける。ぼろの下から見るかげもない片手があらわれた。指はつけねが二、三残るだけだ。

　狄《ディー》判事はあわてて袖をさぐり、ひとつかみ銅銭をだした。そういう気の毒な者たちは物乞いでかろうじて露命をつないでいるのだ。だが、ちょうどそのとき乞食の青い唇がむかつくような笑みにゆがんだ。なにごとかつぶやくと、背を向けて木立に消えた。

2

間髪の差が奇遇をつなぎ
奇遇が奇縁によじれゆく

狄《ディー》判事は心ならずも身震いし、銅銭を袖にしまった。妓女の完璧な美貌のあと、あんな哀れにもおぞましい人間の残骸とは、いかになんでもあんまりな不意打ちだ。

「耳よりな話ですよ、閣下！」背後で元気いっぱいの声がした。

うれしそうな笑顔でふりむく判事に、馬栄《マーロン》がまくしたてた。

「羅《ルオ》知事が島に来とられます！　ここから三つ先の大通りで、巡査の一団を両脇に従えたお役人らしい大輿を見かけました。どこのお偉いさんかって訊いたら、知事さまだって言うじゃないですか！　二、三日前からお泊まりで、お帰りは今晩これからです。そいつを閣下にお報せしようとすっとんで帰ってきました」

「でかした！　ここで会えば金華《チンフア》まで行かずにすむ。一日早く帰れるぞ、馬栄《マーロン》！　急ごう、出発前につかまえるんだ！」

ふたりはあわてて紅堂楼《こうどうろう》を出て、旅館の正門にむかった。にぎわう大通りの両側を料亭や賭場がはなやかに彩る。連れ立って歩きながらも、馬栄《マーロン》は左右の二階を熱心に物色した。着飾った妓たちが欄干べりに出て、おしゃべりしたり、色絹の扇をゆったりと使っている。蒸し暑くて息がつまりそうだ。

つぎの通りはやや静かで、まもなく、門灯をひとつ残して灯を消した家ばかりになった。こういった家々には、小さな屋号が控えめに出ている。読んでみると、「愉楽苑」、「迷香院」など、どれもあいびき宿らしい名ばかりだ。

狄《ディー》判事が足を速めて角を曲がる。宏壮な旅館の正面で、たくましい輿丁《こしかつぎ》十二人がかりで大きな輿の長柄をかつごうとしており、その脇に巡査の一団が控えていた。馬栄《マーロン》がすかさず巡査長に声をかける。

「こちらは蒲陽《プーヤン》の狄《ディー》知事閣下だ。ご主人におとりつぎを！」

輿を地面に戻せと命じた輿丁頭《こしかつぎがしら》が窓のとばりをあけ、なにごとかささやく。

羅《ルオ》知事の肥えた姿が輿の戸口にあらわれた。丸っこい胴体に上品な青絹の長衣を着込み、黒繻子の帽子を粋にかぶっている。急いで狄《ディー》判事の正面に進んで一礼するや、声をはりあげた。

「この楽園島に大兄がお越しとは、いかなる果報によるものでしょうや。まさに時の氏神ですよ！　ふたたびお目にかかれるとは無上の喜び！」

「いやいやこちらこそ！　都から蒲陽《プーヤン》への戻り道でして。表敬かたがた昨年のゆきとどいたおもてなしにお礼申し上げるつもりで、明日、金華《チンフア》にうかがう予定でおりました」

「そんな、わざわざおっしゃっていただくほどでは！」羅《ルオ》が大声をあげた。とがった口ひげと薄いあごひげをたくわえた丸顔が笑みでくしゃくしゃになる。「わが県の誉れですよ、はばかりながら大兄にお世話申し上げた例のお若い女性《にょしょう》ふたりが、あの破戒僧どもの悪事をあばく手助けをしたとは！　まったく狄《ディー》君、州全体があの仏寺事件の話でもちきりですぞ！」

「ちと大げさですな！」狄《ディー》判事が苦笑いする。「浮屠《ふと》（仏教徒）どもは都の裁判所に働きかけ、私を召喚してことのしだいを再度述べさせたのです。質問ぜめにあいましたが、しまいに納得したとの言質をとりました。なかに入りましょう、お茶でも飲みながら一部始終をお話ししますよ」

羅《ルオ》がすかさず身を寄せた。肉付きのいい片手を判事の腕にのせ、ことさら秘密めかして声を低める。

「それがね、そうもしておれんのですよ、大兄！　火急を要する件で、すぐにも戻らんと。ねえ狄《ディー》君、ぜひともひとつ手助けしてくださいよ！　ここには二日泊まりがけで、ある自殺事件を調べてたんですがね。たわいない事件ですよ、死んだ男がたまたま殿試《でんし》を状元及第（首席合格）して国子《こくし》監《かん》の博士に任ぜられたばかりというほかはね。帰省の途中、立ち寄った当地で女と深みに——よくある話です。李《リー》といってね、父親は諫議大夫《かんぎだいふ》で名をはせた李《リー》進士です。公文書をひととおり仕上げてられなくてね。ねえ狄《ディー》君、後生だからかわりに一泊して、けりをつけてもらえませんか？　ほんのお決まりの手続きだけだから！　ぼくのほうはもうほんとに、すぐにも行かなくちゃ」

　よく知らない土地で同僚の代理をつとめるなど気が進まなかったが、さりとて、むげに断わっても角が立つ。

「むろん、お役に立つならできるだけやってみよう、羅《ルオ》君」

「すばらしい！　そう、じゃ、これで！」

「ちょっと待った！」狄《ディー》判事があわてて言う。「ここでは何ら権限がないんだよ、金華《チンフア》政庁代行に任命してもらわんことには」

「いま、この場で代行に任命する！」羅《ルオ》知事はもったいぶって宣言すると、輿のほうに向いた。

「いまのを文書にしてくれなくちゃ、きみ！」判事がにこやかに言う。「それがきまりだからね！」

「ああもうっ、また遅れるのか！」羅《ルオ》知事がいらだって声をあげる。通りをすばやく見回し、ついで判事をひっぱって旅館の玄関に入った。帳台で紙を取り、立ったまま筆を走らせる。はたと手が止まり、困って口ごもった。

「ええい、公文書の書式はどう書くんだっけ？」

狄《ディー》判事が横から筆をひきとり、任命書式をすらすらと書いた。それから紙をもう一枚取って、写しを作る。「めいめい印と爪印を押そう」という。「それで手続き完了だ。正本はきみが持っていって、折をみてなるべく早くわれわれの上役である州長官に転送してくれ。写しは私が保管する」

狄《ディー》判事と羅《ルオ》知事

「そういうことにかけちゃ、きみって本当に万能だねえ！」羅《ルオ》知事が感謝する。「寝るときも、枕の下に公文書式集を入れてるんじゃないかと思っちゃうよ！」

　羅《ルオ》が書類に印を押す間に狄《ディー》判事はたずねた。

「この島を取り締まる役はだれだ？」

「ああ」返事は軽い。「平大《ポンダイ》とか太《タイ》とかいったな、この島の里正《りせい》だ。できた男でね、ここの実情はすべて把握してる。何せ、島中の賭場と妓館を一手に握ってるやつだ。あの男なら必要なことはすべて話してくれるよ。すんだら、いつでもご都合のいいときに報告書をよこしてくれたまえ！」またひっぱっておもてに出ながら、さらに「いやあ、ほんとにありがとう、狄《ディー》君。この件では感謝感激だよ！」輿に乗りかけてふと見れば、赤字で「金華《チンフア》知事」と書いた大きなちょうちんに、巡査が火を入れようとしている。「そいつを消せ、この間抜けが！」どなりつけ、それから狄《ディー》判事の方を向いて「これ見よがしはどうもね！〝徳治《とくち》〟だよね――孔子が言われたように。じゃ、これで！」

　輿に消えると、輿丁《こしかつぎ》たちが担ぎだこのできた肩に長柄をのせた。ふいに窓のとばりが開いて羅《ルオ》が丸顔をつきだす。

「たったいま里正の名をはっきり思い出したよ、狄《ディー》君！馮戴《フエンダイ》っていうんだ。できるやつだよ、宴の席で会えるさ」

「宴というと？」狄《ディー》判事が当惑してたずねた。

「あれ、言わなかったっけ？　今夜、楽園島のおもだった連中が白鶴楼《はくかくろう》で宴を開いてくれるんだ。むろんきみは出なきゃならんよ、ぼくの代理で。断わって機嫌を損ねちゃまずい。楽しく過ごせるさ、狄《ディー》君、あそこの料理はうまい、とくに烤鴨《カオヤー》（焼きあひる）はいけるね。ぼくがすまながってたって、そう伝えといてくれる？　火急の用件で呼ばれた、寸秒を争う国家の大事だ、とか何とか適当に言いつくろってね。その手のことを定型書式の文にさせたら、きみの右に出るやつはいないもんな。あと、くれぐれもいっとくけど、烤鴨《カオヤー》には忘れずにちゃんと甜醬《ティエンジャン》をつけてね！」

　窓が閉じ、一行は闇に溶けた。知事のお通りは先触れが銅鑼を鳴らして露払いをするならわしだが、前駆けの巡査たちはそれもしない。

「みんな、何をむきになってるんだ?」馬栄《マーロン》がいぶかしむ。

「どうやら、留守中に何かありがたくない事件が金華《チンファ》で起きたとみえる」と判事。のろのろと任命書を巻いて袖にしまった。ふいに馬栄《マーロン》がにんまりとほくそえむ。

「ま、これで、この楽園に二泊するわけですね!」

「一泊だけだ」判事がきっぱり言いわたした。「ここで羅《ルオ》知事に会えたおかげで一日浮いた。浮いたぶんの一日を事件にあてる——それ以上はなしだ。宿に戻ろう、あのいまいましい宴のために着替えんと!」

永楽館に戻って、白鶴楼の宴に出るから、賃輿を手配して宿の正門前で待たせておくようにとあるじに命じた。紅の間で馬栄《マーロン》に手伝わせて緑錦の官服をつけ、横に張り出した黒繻子の判事帽をかぶる。見ると、とうに女中が寝台の垂れ幕を開け、真綿を詰めた茶籠を卓上に出してくれている。ろうそくを消し、馬栄《マーロン》を従えて部屋を出た。

戸じまりし、大きな鍵を袖に入れかけて思いとどまった。

「この重い鍵は扉につけておくほうがいい。隠すものもべつにないしな!」

また鍵穴に鍵をさしこみ、前院子に出ると、大輿の長柄脇に輿丁《こしかつぎ》が八人ひかえていた。そちらに歩み寄った狄《ディー》判事が、身ぶりで馬栄《マーロン》を呼んでいっしょに乗せる。

にぎわう大通りを輿で揺られながら、判事が言った。

「輿が料亭についてとりつぎをすませたら、あとはおもてで賭場や酒場をひとめぐりしてこい。聞き込みは慎重にやってくれ、例の自殺した国子博士《こくしはかせ》について——滞在期間、交友関係、要はどんなことでもいい。羅《ルオ》君に言わせるとごくたわいない事件だそうだが、自殺となると何が出てくるかわからんからな。私もなるべく早く宴を出る。料亭で会えなければ、永楽館の部屋のほうで待っててくれ」

輿が地面におりた。連れだって路上に出るや、眼前にそびえる建物に狄《ディー》判事は目をみはった。実物大の青銅獅子の脇を通って白大理石の階段を十二段のぼると、あでやかな朱塗りに真鍮飾りがきらめく一対の大扉。扉の上にかかげた金色の扁額は「白鶴楼」と墨痕鮮やかに大書され、その上の二階と三階は、木彫りづくしに凝った格子窓をはめた総金塗りの露台がとりまく。上品な色絹の大ちょうちんがそりかえった軒下に並ぶ。楽園島のきらびやかな贅沢ぶりはこれまでさんざん話に聞かされてきた。だが、まさかこまでとは思いもよらなかった。

進み出た馬栄《マーロン》が真鍮の呼び鈴をさかんに鳴らす。しかつめらしい給仕頭に狄《ディー》政庁代行のお成りを告げ、なかに案内されるのを見届けて大理石の石段を一気に駆けおり、大通りの雑多な人波にまぎれた。

3

顔役たちの胸中をはかり
花魁《かかい》の機嫌をもてあます

玄関で出迎えたあるじに、羅《ルオ》知事の宴に招かれたと告げた。平身低頭したあるじの案内で厚い青絨毯を敷いた大階段をのぼり、二階の大広間に出る。

部屋はさわやかだった。真鍮の水盤ふたつに氷をたっぷり入れ、室温を下げている。中央で黒光りする大きな円卓に、冷菜の磁器大皿や銀の酒つぎがところせましと並び、大理石板を座にはめた黒檀彫りの高椅子が六脚出ている。張り出し窓のそばで赤大理石の上品な脇卓を囲んで、四人の男客がお茶を飲み、瓜の種をかじっていた。狄《ディー》判事の入来に不意をうたれ、顔を上げる。頰ひげに白いもののまじったやや年配で細身の男が立って迎え、いんぎんにたずねる。

「どなたかお探しでしょうか？」

「馮戴《フエンダイ》さんか？」狄《ディー》判事がたずねた。相手がうなずくと、羅《ルオ》知事に頼まれて代理をつとめにきたと述べ、例の任命書を袖から出した。

馮戴《フエンダイ》はうやうやしく頭を下げ、書類を返して言った。

「てまえが当地の里正でございます、御用のせつはなんなりと。僭越ながら、こよいの相客をおひきあわせいたしましょう！」

小帽をかぶったやせぎすの老人は楽園島の骨董屋やみやげ屋をすべて所有する金持ちで、骨董商の温元《ウエンユアン》と紹介された。頰のこけた馬面だが、太いしらがの眉に隠れた小さな目はすこぶる油断ならない。しらがの短い口ひげ、あごひげはこぎれいな三角に刈り込んでいる。その隣で、人目をひく風采に紗の儒帽をいただくやや若い人物は酒商同業組合をたばねる陶番徳《タオバンテー》と知れた。窓辺にもたれる瀟洒な若者は都へ貢試を受けに行く賈玉波《チアユウボウ》秀才、この若さですでに詩名も高いと馮《フエン》が吹聴した。

思ったより期待のもてそうな顔ぶれだった。ねんごろに欠席をわびる羅《ルオ》知事のことづてを四人の客に伝える。「たまたま私が当地を通りがかったもので」しめくくりに述べた。「三日前に博士が自殺した例の一件について、後事を託されたわけです。むろん初めての土地ですので、みなさんのご意見を伺えればありがたい」

ぎこちない沈黙があった。ついで、馮戴《フエンダイ》が重い口を開いて、

「李璉《リーリエン》博士のご自害は遺憾きわまるできごとでした。ですがあいにく、その手の事件は珍しくございません。賭場で負けがこんだあげく、そうやってけりをつけるお客も中にはおりますので」

「この場合、動機は女のはずだが」判事が述べた。

馮《フエン》が他の三人にすばやく目をやる。陶番徳《タオバンテー》と若い詩人は

めいめい茶碗に見入り、骨董商の温《ウエン》は薄い唇をかたくひきむすぶと、やぎひげをたぐりながら慎重にたずねた。

「羅《ルオ》知事がそうおっしゃったので？」

「さほど詳しくは」と認める。「同僚どのはなにしろ急いでおられて、ほんの大づかみに説明するのがやっとだった」

温《ウエン》が馮《フエン》に意味ありげな視線を送る。陶番徳《タオパンテー》がものうげな目でじっと見つめ、静かに口を開いた。

「あいにくと楽園島の気風は男女のもつれを招きがちでございます。ここの水はうたかたの恋になじんでおりますので。地元の手前どもには優雅な暇つぶしの一種と申しますか、数刻のはかない快楽を賭けたひと勝負のようなものです。首尾よく勝てば追憶の香気が増し、負けたら負けたでもっと意に沿う花を手折るまでのこと。でも、こういうさばけた粋《すい》はよその方には通じません。さらに、島の舞妓や芸妓どもは色の道にかけては凄腕ぞろいでございますから、手もなく深みにはまり――悲劇の結末を迎えるわけです」

一介の酒商にしては意外なほど、こなれた言葉づかいだった。狄《ディー》判事は興味をおぼえてたずねた。

「こちらのご出身か、陶《タオ》さん？」

「いえ、閣下、南の出でございます。四十年ほど前に父がここに居をかまえ、土地の酒場を買占めました。あいにくと手前がまだ幼い時分に、いまだ春秋に富む身でみまかりましてございます」

馮《フエン》がここぞと立ち上がり、判事の耳にはわざとらしく陽気に響く調子で言った。

「そろそろ、なにかお茶よりましなものをいただく頃合いですな、みなさん！　ささ、おそろいで食卓のほうへどうぞ！」

入口に面した主賓席へうやうやしく判事を案内する。自身はその向かいにかけ、陶番徳《タオパンテー》と骨董商温元《ウエンユアン》がその左右を占める。若い詩人には狄《ディー》判事の右隣をすすめ、判事のご来島を歓迎して乾杯の音頭をとった。

狄《ディー》判事は強い酒に二、三度口をつけた。ついで左隣の空席をゆびさす。

「どなたか、まだ来られるのか?」

「さようです、閣下、またとない珍客です!」馮《フェン》が答える。またもや、陽気さをことさら装う感じがした。「もっと夜になってから、きれいどころが座に加わります。その名も高い秋月《しゅうげつ》です」

判事は両眉をつりあげた。妓女は立ったままか、やや離れたところで背もたれのない腰掛けに座るものだ。まるで賓客のような扱いで、同じ卓を囲んで座るなど論外だ。

陶番徳《タオバンテー》がその顔色を読んだとみえて、あわててとりなした。

「名のある妓女は手前どもの大事な宝なのです、閣下、したがってとおりいっぺんの扱いとはおのずと違ってまいります。当地では賭場に次いで手堅い客寄せの目玉ですから。楽園島の収益は、およそ半ばが妓女たちのあがりです」

「その四割はお上にお納めしております」骨董商がそっけなく言った。

狄《ディー》判事は黙って咸魚《しおざかな》を箸でつまんだ。州にとって、この大行楽地の税収があなどれない財源だとは承知している。馮《フェン》に言った。

「思うに、金の出入りが激しい当地で、治安を保つのは容易ではあるまい」

「島だけでしたらどうもございません。手前の部下は六十人ほどおりまして、知事さまにご承認いただいたうえで地元の生え抜きを特務巡査に任じております。お仕着せがありませんので、賭場や料亭や妓館で自由に客にまじって、人目につかずに見張れます。ただし島周辺の地域は大いに問題がありまして、客の出入りに乗じて荒稼ぎを狙う追いはぎがよく出没します。十数日前に、えらくたちの悪い事件がありまして。うちの飛脚が箱入りの黄金を持って戻る途中で、五人の追いはぎに捕まりかけました。さいわい、同行していた部下ふたりが撃退し、一味のうち三人をしとめました。ほかのふたりは逃げてしまいました」酒盃をあけてたずねた。「閣下のお泊まりにふさわしいお宿はおありでしたでしょうな?」

「そう、永楽館にね。たいへんけっこうな部屋で、紅堂楼《こうどうろう》といいましたな」

四人がふいにまじまじと判事を見た。馮戴《フェンダイ》が箸を置いて言いにくそうに、

「あの部屋にお泊めするなど、けしからんあるじです。三日前に博士が自殺なさったのはあそこなのです。さっそく申しつけてしかるべきお部屋を手配させ……」

「そんな、いっこうにかまいませんぞ！」判事があわててさえぎった。「あそこに泊まれば不幸な事件現場をくわしく知るにはうってつけ。あるじを責めたりなさるな。いま思い出したが、あらかじめ注意しようとしてくれていた。話を途中でさえぎったのは私だ。で、ふた間のうち、どちらが現場かな？」

馮《フェン》はまだ気がおさまらないようで、慎重な声で答えたのは陶番徳《タオバンテー》のほうだった。

「紅の間のほうです。扉は内側から鍵がかかっており、羅《ルオ》知事が鍵をこわさせました」

「そういえば鍵が新しかった。そう、鍵が内側からかかっているうえ、唯一の窓には鉄格子がはまっていた。鉄格子の間隔は九寸（約二十三センチ）足らずだから、すくなくとも外からの侵入ではないと断定できるわけだ。自殺の手口は？」

「ご自分の短剣で首の血脈を断ち切っておられました」馮戴《フェンダイ》が話す。「起きた通りに申し上げますと、こうです。おもての藤棚で、博士ひとりきりで夕食をなさいました。ついでなかに入り、あらかじめ給仕におっしゃった通りに書類を整理なさいました。ひとりにしてくれともおっしゃっていたそうです。でも数時間後、お茶籠をうっかりお出しし忘れていたことに気がつきました。紅の間の扉を叩いてもお返事がありません。それで、もうお休みか確かめてみようと藤棚に出て、窓をのぞきました。すると、胸を血まみれにして寝台の手前に仰向けに倒れたお姿が目に入りました。

給仕はすぐさまあるじにしらせ、あるじが手前のもとに走りました。つれだって羅《ルオ》知事のお宿にうかがい、ご本人

はじめ配下のかたがたを永楽館にご案内しました。紅の間の扉を破ったのは知事さまのお指図です。ほとけは島のもう片端にある道観に運び、その晩に検死を行ないました」

「なにか特に判明したことは？」狄《ディー》判事がたずねる。

「いえ、と申しますか、はい、いま思い出したのですが、原因不明の浅く長いかき傷が数本、博士のお顔と両の二の腕にございました。で、羅《ルオ》知事がすぐに博士のお父上のもとに早飛脚をおたてになりました。かの名高い諫議《かんぎ》大夫《だいふ》の李魏挺《リーウエイジン》進士で、引退後はここから六里北の山荘にひっこんでおられます。戻ってきた飛脚が故人の叔父さまをお連れしました、李《リー》進士ご自身はもう何ヵ月も前から重病の床に臥せっておられますので。その叔父さまがなきがらを棺に納め、一族の墓地に葬るため連れ帰られました」

「博士をそこまで血迷わせた妓女とはだれだ？」判事がただす。

ふたたび困ったような間があった。馮《フエン》がせきばらいして不承不承答える。

「秋月でございます。ことしの花魁娘子です」

狄《ディー》判事がためいきをつく。まさかと思っていたが、やはり！

「秋月あての書置きはありませんでした、失恋の場合はたいていあるのですが」馮《フエン》が急いで続ける。「ですが机上の書類のいちばん上に、ふたつの円の下に秋月と三度繰り返し書いた紙が見つかりました。それで知事さまがあの女を召喚なさると、博士が熱をあげていたとすすんで認めました。身請けを申し出られたのですが、女のほうが断わったのです」

「その女とは、きょうの夕方早くにたまたま会った」判事が冷たく言う。「自分のせいで、何人も自殺したと自慢げにしていた。身勝手で冷たい女のようだ。だから、その女が今夜同席するのは……」

「どうかなにとぞ」陶番徳《タオパンテー》があわててとりなす。「閣下には、当地ならではの事情によるあの女のふるまいを大目に見てやってくださいますよう。かりに自殺者が出ると妓女に箔がつくのです、ことに名士であればなおのこと。そういう事件のうわさは州一円に広まりますので、怖いもの見たさに新規のなじみ客がどっと増えますし……」

「じつに嘆かわしい話だ、当地の事情がどうあろうと!」狄《ディー》判事が憤然とさえぎる。

そこへ給仕たちが烤鴨《カオヤー》の大皿を運んできた。なるほど、ためしてみるとうまいことは非常にうまい。少なくともこの点だけは羅《ルオ》君の言ったとおりだ。

若い妓が三人入ってきて礼をした。ひとりは琵琶、ひとりは鼓をさげている。このふたりが壁際の腰かけに座ると、三人目の、明るい顔のきれいな妓が卓に寄って酌をした。銀仙《ぎんせん》といって秋月の部屋子《へやこ》だと、馮《フェン》が紹介する。

詩人の賈玉波《チアユウボウ》はそれまで目に見えて黙りこくっていたが、にわかに活気づいたようすで銀仙と軽口をたたき合い、その後に古楽府《こがふ》について判事と詩の談義をはじめた。琵琶の妓が陽気なふしをかなで、鼓が合いの手を入れた。一曲終わるころに、骨董商の怒声が判事の耳に届いた。

「何様のつもりだ、おまえ?」

銀仙を見ると顔を真っ赤にして、袖の奥深くにさしこまれた老人の手から逃れようとしている。

「まだ夜も早いんですぞ、温《ウエン》さん!」若い詩人が語気するどくたしなめる。

温《ウエン》があわてて手をひくと、馮戴《フェンダイ》が声をかけた。

「賈《チア》さんになみなみとおつぎしろ、銀仙! ちょっかい出すんじゃないぞ、じきに気ままな独身生活といやおうなくおさらばする人なんだから!」狄《ディー》判事のほうに「うれしいことに数日後、ここにいる陶番徳《タオパンテー》の媒酌で、ひとり娘の玉環が賈玉波《チアユウボウ》さんと晴れて婚約する運びとなりました」

「乾杯だ!」陶番徳《タオパンテー》が陽気に声をあげる。

若い詩人におめでとうと言いかけて、狄《ディー》判事は口をつぐんだ。開いた戸口にあらわれた背の高い堂々たる物腰の女を見たとたんに気が滅入る。

紫苑色に金糸で花鳥を織り出した豪華な錦の襟もとは高く、広袖の端は裳裾につくほど長い。紫の広帯をきつく締めているので、柳腰と豊かな胸がきわだつ。高髷《たかまげ》に結い上げ、宝石の玉飾りつき金簪を何本もさしている。きめこまかい肌に入念に紅おしろいをほどこし、華奢な耳に琅玕彫りの長い耳飾りが揺れていた。

馮《フェン》がにぎやかに迎える。その答礼もそぞろに一座を見回した女が眉をひそめた。

「羅《ルオ》知事のおいではまだですの？」

馮《フェン》があわてて説明する。知事さまはよんどころないご用で思いがけず島をおたちになったが、隣県知事の狄《ディー》閣下が代理でおみえになった、と。判事の隣席をすすめる。女が席についたので、ここはひとつ愛想よくふるまって、死んだ博士についての情報収集につとめるのが得策だろうと判事は思った。それで明るく言った。

「さて、これであらためて顔合わせがすんだわけだ！　今日の私は本当についている！」

秋月が冷たくにらんだ。「なみなみとお注ぎ！」と銀仙にかみつく。ぽっちゃりした妓があわてて言うとおりにすると、花魁はその盃をひと息にあけ、すぐさまなみなみとつがせた。それから判事に向かってぞんざいに、

「羅《ルオ》知事から私あてに伝言を預かってない？」

「ご出席の皆さんに、くれぐれも心よりお詫び申し上げていたと伝えるよう言いつかってきた」狄《ディー》判事はいささか驚いて答えた。「一座のみなさんというからには、まちがいなくあなたも含まれる」

返事もせず、美しい眉間に深いしわを刻んで黙りこむとしばし酒盃を見つめた。ふと見れば、ほかの四人がはれものにさわるようにはらはらしている。だしぬけに顔を上げた女が、楽師ふたりをどなりつけた。

「ぼさっとしてるんじゃないわよ、そこのふたり！　何かおやり、そのためにいるんでしょ！」

ふるえあがったふたりが演奏をはじめると、花魁はまたひと息に酒盃をあおった。ものめずらしげに判事がかたわらの美女を見守ると、さっき口もとにあらわれたきびしいしわがいっそう深くなっていた。どうやらすこぶるごきげ

んななめらしい。女が顔を上げ、馮《フエン》をさぐり見る。目をそらした馮《フエン》が急に陶番徳《タオパンテー》と話しはじめた。

ふいに事情がのみこめた。さっき藤棚で会ったとき、じきに身請けしてくれる相手は知事で、金持ちの詩人でもあると言っていた。そして羅《ルオ》は詩人であり、けっこうな財産家だというではないか！　思えばおかしくもあるが、どうやら惚れっぽい同僚どのが自殺事件の取調べ中に花魁とできてしまい、妻に身請けしてやるとはずみで約束したらしい。島を出るさい、こそこそと人目をはばかるがごとき狼狽ぶりだったのもそれで説明がつく。一刻を争う公務とは、まったくよくも！　おやさしい知事どのは早晩悟ったにちがいない。ほんの遊びのつもりがあにはからんや、相手は血も涙もない野心家で、裁判の重要証人と進んでねんごろになった事実をたねに脅しも辞さない女だと。それでは島を離れたくもなるはずだ！　とはいえあのいまいましいばか者め、同僚をとんだ窮地に置き去りにしおって。いうまでもなく秋月を招いたのは、羅《ルオ》ののぼせようを踏まえた馮《フエン》ほか一同のはからいだ。もしかすると身請けの祝宴のつもりであってもおかしくない！　だから尻に帆かけて逃げたと知ってあのように仰天したのだ。また、判事がまんまとかつがれた事情を察し、しらじらしい政庁代理の話など真に受けて信じがたい抜け作だと思ったにちがいない！　まあいい、ことここにいたっては、あくまで知らぬ存ぜぬで押し通すしかない。

親しみをこめた笑顔を花魁に向けて言った。

「たったいま、あなたがもとで自殺したのはかの有名な李《リー》璉《リエン》博士だと伺った。才子はつねに佳人《よきひと》の好配を求むという古人の言は、なんと真理であることか！」

秋月は流し目に見やり、こんどはややうちとけて言った。

「おほめの言葉いたみいります。そう、李《リー》はそれなりに魅力のあるひとでした。別れの贈り物に香をひとびんくれましたの、封筒の表書きにとてもやさしい詩を書いてね。それを渡しにわざわざ拝月亭に来たのが、かわいそうに自殺の当夜でしたわ。高価な香が私の好みだと知ってたんですの！」ためいきをつき、考えこんで続けた。「少しは気を持たせてあげればよかった。とても思いやりがあって、気前もよかったのに。その封を開ける余裕がまだなくて、なかみはいったい何かしらね！　私のお気に入りなら知ってましたわ、麝香か天竺産の白檀ですの。出発が迫ったころ訊いてもちっとも教えてくれなくて、こう言うばかりでした。〝品物の宛名をよく確かめるんだね！〟──つまり私ってことね！　ちょっとした洒落のつもりだったの！　どんな香が私の雰囲気に合うとお思いになる、白檀、それとも麝香かしら？」

狄《ディー》判事が凝ったお世辞を言いかけたが、卓の右側でもみ合う音にさえぎられた。老骨董商にお酌をしていた銀仙がこんどは胸もとにのばされた手を払いのけようと懸命にあがいている。酒がこぼれて骨董商の衣にかかった。

「ぶきっちょね、このばか！」秋月がどなる。「もっと気をつけられないの？　それにその髪、すっかり崩れて！　すぐ控え室に行って、きちんと直しておいで！」

ふるえあがった妓がいちもくさんに戸口へ向かう姿を、花魁の思惑ありげな目が追った。判事のほうを向いてしなをつくり、

「お酌してくださる？　格別のご好意のしるしに」

盃を満たしてやりながら、妓女の赤い顔に気づいた。今になってようやく強い酒が回ってきたらしい。舌先で唇をしめし、そっと笑みをもらし、あらぬ方へ考えが飛んでいるようだ。二口、三口飲んだところで唐突に席を立った。

「ちょっと失礼します。じきに戻りますわ！」

花魁が中座したあと、狄《ディー》判事は賈玉波《チアユウボウ》を会話にひきこもうとしたが、若い詩人はすっかりふさぎの虫にとりつかれてしまった。あらたな料理が運ばれ、一同さかんに箸を動かした。あの楽師ふたりがはやり歌をいくつも奏でる。今風の曲は狄《ディー》判事の好みに合わないが、料理のほうは文句を言う筋合いがない。

しめくくりの魚料理が出たころ、ばかにごきげんで秋月がもどってきた。骨董商の脇を通りすがりに耳もとでなに

ごとかささやき、からかうように肩を扇でかるく叩いて過ぎた。席につくと判事に、

「ふたをあけてみれば、とっても楽しい夜になりそうね！」片手を判事の腕にかけ、髪の麝香が匂うほど近くに頭を寄せ、そっと「藤棚のところで、あんなふうにすげなくしたわけを申し上げましょうか？　認めるのがしゃくだったのよ、あなたが好きだって。ひとめ見たときからそうだったの！」じっと見つめて続ける。「それに、あなただってお嫌いじゃなかったわよね――私を見てらしたときは？」

返答に窮する狄《ディー》判事の腕を花魁がつねり、早口にたたみかける。

「あなたみたいに知恵もあり、経験豊かな方にお会いできてよかった！　いわゆる今風の若造どもなんか、どんなに退屈だかしれやしない！　生き返るわ、ほんとに、あなたみたいにおとなで……」かまととぶって伏目がちにささやく。「わけ知りで……わかった方って」

温元《ウエンユアン》が立って帰り支度をはじめたときは、まさに生き返る思いがした。宴のあとで上顧客《じょうとくい》と約束があるので、これにて失礼してよろしいかといんぎんに伺いをたててくる。

花魁はこんどは馮《フェン》や陶《タオ》を相手に軽口の応酬をはじめた。さらに何杯もたてつづけにあおったが、ろれつが怪しいようすもなく、ますます舌鋒が冴えわたる。だがとうとう、馮《フェン》がこっけいな小話をしたあと、ふいに額をおさえた花魁が悲しげに言った。

「ああ、飲み過ぎた！　みなさん、これでおいとましたら無作法をおとがめになる？　この一杯でお別れしましょう！」

狄《ディー》判事の盃をとり、ゆっくり飲み干す。その後に一礼して席を立った。

唇の形もなまなましく盃のふちについた紅のあとに判事がおぞけをふるっていると、陶番徳《タオパンテー》がうすく笑って言った。

「花魁は閣下にぞっこんでございますな！」

「なに、新参者に気配りしたまでですよ」判事が異を唱える。

気分がすぐれないからと、賈玉波《チアユウボウ》が立っていとまごいをした。自分はしばらく席を立つわけにいかないと気づいて、狄《ディー》判事は心底うんざりした。早く立てば、花魁のあとを追うのだと勘ぐられそうだ。判事の盃に口をつけてあからさまに誘いをかけてきたのだから。羅《ルオ》の悪党め、いったいなんという目に遭わせるのだ！　やれやれとためいきをつき、宴のおひらきに出される甘味に匙をつけた。

4

冥土の伯父のはからいか
賭場の案内役にぶつかる

馬栄《マーロン》は白鶴楼の玄関口で狄《ディー》判事と別れ、陽気な口笛まじりに歩いていった。じきに、島の目抜き通りに出くわした。

ありとあらゆる人々が、ずらりと並んだ極彩色の拱門《アーチ》をくぐって路上を行きかい、賭場の大門はどこも押すな押すなのにぎわいだ。餅《ピン》や麵の屋台は客寄せにあらんかぎりの大声をはりあげ、喧騒の切れ目に景気よく銭音がひびく。どの賭場の入口でも、大の男ふたりがかりで銅銭入りの大きな木桶を夜通し鳴らしつづける。つきと大入りを呼び込む縁起のいい音とされているのだ。

なかでも大きな賭場の玄関脇に、供物台が出ていた。その前で馬栄《マーロン》は足を止めた。団子や飴がけの果物をたっぷり盛った大皿や碗。上に棚を吊り、紙でこしらえた家や馬車や船や家具調度一式、たたんだ衣類の山にいたるまで何列も並べてある。現世をさまよう亡者を供養するために、七月のはじめから盂蘭盆会いっぱいにかけて供物台がたくさん出るが、これもそのひとつだ。亡者たちはお供えを食べ、あの世の暮らしに入用な品を紙の模型の中から好きに選びだせる。お盆明けの七月三十日ともなれば供物は貧者に施し、紙の模型は棚ごと火にくべ、煙にしてあの世へ送る。ひとは盂蘭盆によって、死は永劫の別れではないとあらためて思い起こす。暦がめぐるたびに亡き人々がこの世に戻り、親類縁者のもとでひと月ほど過ごすからだ。お供えをつくづく眺めた馬栄《マーロン》が、笑ってひとりごちた。

「こっちに彭《ポン》おじは寄りつくまいな！　さして甘党じゃなかったし。だが、こと博打となると三度のめしより好きだった！　おまけにつきもあったにきまってら、金二錠も遺してくれたんだから。賭けてもいいが、伯父貴なら賭け台のへんをうろうろしてるさ。こいつは入らん手はなかろう、ひょっとすると甥っ子に小遣いをくれるかもしれんぞ！」

木戸で銅銭十枚を払い、しばらくは見物に回って、黒山の人がたかる中央の大きな賭け台をのぞいた。一番人気のてっとり早い勝負をやっている。思い思いにこれはと思う数字に銭をはり、伏せたお椀に入れた銭の数を当てるのだ。その後に馬栄《マーロン》はひじで人ごみをかきわけ、奥の階段に出た。

二階の大広間では、十あまりの小卓ごとに六人ずつ車座になって、札や賽で遊んでいた。ここの客はみるからに金回りがよさそうで、ひとつの卓など官帽がふたりもいる。奥壁の赤い板に大きく書いてあった。「現金以外おことわり」

馬栄《マーロン》がどの卓に入ろうか思案していると、いつのまにかせむしの小男がそばに来ていた。こざっぱりした青衣だが、大きなしらが頭はろくに櫛も入れず、帽子もかぶってない。馬栄《マーロン》の巨体を小さな目で見上げ、かんだかい震え声で、

「勝負したいんなら、いくら持ってるか見せてみろや」

「てめえになんのかかわりがあるってんだ?」馬栄《マーロン》が怒る。

「一から十まで大ありさ!」太い声が背後でした。

ふりむいた馬栄《マーロン》のすぐ鼻先に巨漢の顔があった。背格好は同じだが、胴回りが樽のようだ。広い肩に大きな頭がめりこんで胸がふくれあがり、まるで蟹の甲羅だ。やや飛び出た丸い目がちらと動いて、馬栄《マーロン》に探りを入れた。

「そういうおめえはだれだ?」馬栄《マーロン》が驚いてたずねる。

「蟹《かに》やんてんだ」大男がものうげに述べる。「この相棒は小蝦《こえび》どんで通ってる。よろしくな」

「で、塩やんてやつもいるかい?」馬栄《マーロン》がたずねる。

「いや。なんでだ?」

「三人まとめてのしたあとで、ゆでて食っちまえるだろ!」馬栄《マーロン》がなめきった返事をする。

「なあ、ちょいとくすぐってくれよ」うんざり顔の蟹やんがせむし男に、「客の冗談にゃ、いちおう笑えって言われてんだ」

小蝦どんはとりあわない。とんがり鼻から下目遣いに馬栄《マーロン》を見て言いつのった。

「字が読めんのか? あすこの板に書いてあるだろ、現金以外おことわりって! あとでいろんな不都合が出ねえように、一見客《いちげん》の懐具合は必ずおれらであらためてんだよ」

「理不尽とはいえんな」馬栄《マーロン》がしぶしぶ認める。「ふたりとも、この賭場の者《もん》か?」

「おいらと小蝦どんは島内見回りさ」蟹やんは動じない。

「里正の馮戴《フエンダイ》さんに雇われてんだ」

ちぐはぐなこの二人組を、馬栄《マーロン》はじっくり値踏みした。そののち長靴に手をやり、身分証をとりだして蟹やんに渡す。

「こんど政庁代理になられた狄蒲陽《ディーブーヤン》知事どのの部下だ。ちょいと折り入って話があるんだが、いいかい?」

二人してその身分証を穴があくほど見る。馬栄《マーロン》に返しながら、蟹やんがため息をついた。

「つまりは喉が渇くってこった。おもての露台に行こうぜ、馬《マー》さん。腰をおろして、点心でもつまみに一杯やろうや。店のおごりだ」

蟹やんが賭け台に目を配れる片隅に行き、みんなでおみこしをすえた。すぐに給仕がやってきて、大皿に山盛りの炒飯としろめの酒つぎ三つを卓に置いた。ありきたりの社交辞令をかわすうち、蟹やんと小蝦どんは生まれも育ちも楽園島だと判明した。蟹やんは八級拳士だった。九級の馬栄《マーロン》とすぐに拳法談義をはじめ、いろんな突きや拳の利点を論じ合う。せむしの小男はこの談義にはおかまいなく炒飯に集中し、みるまに山を減らしていった。さしもの大皿がすっかり空になると、馬栄《マーロン》はひと息で盃の中身を干して椅子にもたれ、腹をたたいて満足げに言った。

「さあてと、これで第一の仕事が上首尾にいったからには、お上の御用にかかる力《りき》もつこうってもんだ。李《リー》博士のことで、あんたら二人になんか情報あるかい？」

蟹やんと小蝦どんはすばやく目まぜしあった。小蝦どんが言う。

「じゃ、おまえさんの上役が追ってんのはそれかい？　そうさな、かいつまんで言うと、あの博士はここに来たはじめと終わりはうまくなかった。でも、逗留中はおおいに楽しんでたぜ」

なにやら争う物音がなかで起きた。のっそりした見かけのわりに機敏な身ごなしで、蟹やんが立っていった。小蝦どんが酒盃をあけて続ける。「起きたとおりに言うぜ。十日前、十八日のことだ。あの博士は都から五人の友達《だち》と大きな舟に乗ってきた。二日間は舟ん中で朝から晩まで飲めや歌えのどんちゃん騒ぎだ。残りもんは船乗りどもがさらえて、だからみんな酔っ払いさ。霧が深くてな、お嬢さんを乗せたうちの馮《フェン》さんの持ち船にぶつけちまった。上流の村に親類を訪ねた帰りだったんだ。かなりひどく壊れたもんで、ここの浮き桟橋に夜明けまでたどりつけず、博士はたいそうな賠償金を払うと約束させられた。ここに来たはじめはうまくなかったってのはそういうことよ。それから博士は友達を連れて永楽館に行き、自分は紅堂楼《こうどうろう》を借りた」

「そいつあ、うちの親分が寝泊まりしてんのと同じとこだぞ、おい！」馬栄《マーロン》が大声をあげる。「だが、怪力乱神を語らずってお人だからな、出たってへっちゃらだ。じゃあ、博士が自殺したのも他ならぬあの部屋なんだな？」

「自殺の話なんかしてねえだろ、まして出たなんて話はよ」せむしの小男がとがめる。

戻ってきた蟹やんが座に加わりかけて、そのことばを聞きつけた。

「出る話は感心しねえな」といってまた腰をおろす。「それに、あの博士は自殺じゃねえよ」

「そりゃなんでだ？」馬栄《マーロン》が驚く。

「なんでかってと」小蝦どんがひきとってあとを続ける。「見回りしてて、ここの賭場で遊んでるあいつを見たからさ。勝とうが負けようが、冷えたきゅうりも同然に涼しい顔だった。自殺するようなたまじゃねえ。それが理由さ」

「なんせおれたちゃ、ここで十年も見回りをつとめてんだ」蟹やんも口をはさむ。「それこそ、ありとあらゆる人間を見てきたぜ。たとえばあの詩人の若造、賈玉波《チアユウボウ》秀才な。たった一回卓について、席を立つまでに有り金残らずすっちまった。すぐ頭に血が上る手合いだよ。そういうやつは、あんたがひょいと振り向くよりたやすく自殺しかねない。だが、博士は全然違う。日が西から昇ったって自殺じゃないね」

「だが、女にのぼせてたんだぞ」馬栄《マーロン》が述べる。「女のせいで骨抜きになるなんざ、男にゃよくあるこった。おれの経験からしてもだな、時には……」

「自殺じゃない」蟹やんが無表情にくりかえす。「あいつは計算ずくで冷たい人でなしだった。女にお預けを食わされたら、汚い手でしっぺ返しはしただろうよ。けど、わが身を傷つけたりはしねえ」

「だとすると、あとは殺人《ころし》か！」馬栄《マーロン》があっさり言う。

蟹やんはぎょっとして、小蝦どんにたずねた。

「殺人《ころし》なんておれの口からは言ってねえよな、だろ？」

「ないない、言ってない！」小男が言い切る。

馬栄《マーロン》がひょいと肩をすくめた。

「敵娼《あいかた》は誰だった？」とたずねる。

「ここでの数日間はしじゅう花魁と逢ってたな」小蝦どんが答える。「だが、となり街の石竹《せきちく》や翠華《すいか》、牡丹《ぼたん》ともよく逢ってた。その妓《こ》らと、あんたら政庁の役人がいう肉体関係ってやつをもったかもしれんし、からかい半分にちょいとくすぐっただけかもしれん。じかに聞けよ、おれじゃなくてさ。脚をあげる手伝いをしたわけじゃないんだから」

「おつな聞き込みになりそうだな！」馬栄《マーロン》がほくそえむ。

「どのみちよろしくやってたわけだ、くすぐったか他のことかはともかく。で、何があった？」

「三日前、二十五日の午前中だ」小蝦どんが続けて「博士は舟を借りて友達五人を乗せ、都へ送り出した。紅堂楼《こうどうろう》に戻ってひとりで昼を食べた。午後じゅう自室にこもりきりで、ないことに、賭場に顔をださなかった。これまたないことに、夕飯もひとりですませた。その後に鍵をかけて閉じこもり、数時間後に見つかったら自分ののどをかっきっていた」

「南無三」と蟹やん。

小蝦どんが思いにふけるようすで長い鼻をかき、さらに言う。

「ま、知っての通りたいていはまた聞きだから、信じる信じないは勝手にしな。おれたちふたりが見たのはこれだけさ。あの晩、あすこの旅館に骨董商の温元《ウエンユアン》が行ってた。夕めしどきのしばらくあとだったな」

「そいじゃ、博士んとこに行ったわけか！」馬栄《マーロン》が勢い込む。

「政庁の連中ってのは、ひとが言いもしないことをさも言ったように言うんだからなあ！」小男が蟹やんにこぼす。

「習い性なのさ！」蟹やんが肩をすくめる。

「あのな、おれが言ったのは」小蝦どんが根気よく説明する。「あの旅館に行く温《ウエン》を見た。それだけだよ」

「いやはやまったく」馬栄《マーロン》が声をはりあげる。「かりにだ、よそ者だけじゃなくて土地の名士までみんな見張ってんなら、さだめし、あんたらふたりは体がいくつあっても足りんだろ！」

「みんなじゃない」蟹やんが言う。「温《ウエン》だけだ」小蝦どんが力をこめてうなずく。「ここじゃ、大金を生む商売が三つある」蟹やんが飛び出た目で、大まじめに馬栄《マーロン》を見る。「ひとつ、賭博と妓女《おんな》、こいつはうちの馮《フエン》里正の商売だ。ふたつ、飲み屋とめし屋、そいつは陶《タオ》のだんなの縄張りだ。みっつ、古物の売り買い、そいつを握ってるのが温《ウエン》だんなだ。当然ながら三つの商売はもちつもたれつだ。かりにばくちで大穴当てたやつがいたら、おれらは陶《タオ》と温《ウエン》のほうに流しとく。その客がぱーっと派手に飲み食いしたい、掘り出しもんの骨董がほしいと思うかもしんねえだろ——手のこんだ偽もんだけどな。逆に負けがこんだやつがいたら、こっちで売りもんになりそうな渋皮のむけた妾や女中がいなければ、温《ウエン》のやつらが骨董品にあたりをつけて上物をひきとる。ま、そんなところだ。どういうことか、あとは自分の頭で考えな」

「みんなでひとつの組織みたいだな！」馬栄《マーロン》が評する。

「まったくそのとおり」小蝦どんが認める。「つまりは馮《フエン》、陶《タオ》、温《ウエン》さ。うちの馮《フエン》さんは裏表のないまっとうなお人だから、お上も里正をやらせてる。立場を利用すれば島中のうまい汁は吸い放題、三人でいちばん金持ちになれる。だがね、それにゃどうしたって手が汚れる！　かりに里正がまっとうならみんな儲けがあるし、お客も満足する。だまされて馬鹿をみるのは欲をかくやつばかりだ。ところが里正がろくでなしだと、取り分込みで二十倍もの利益をしぼりとる。だが、そんなことしたら、この土地はすぐにさびれて見る影もなくなっちまう。だから、馮《フエン》がまともでほんとに助かってる。けど息子がなくて娘ひとりだろ、つまりだんなの身になにかあれば役目は人手に渡る。陶番徳《タオパンテー》は学者肌で、世話焼きって柄じゃない。里正なんざまっぴらだろうよ。さて、これで名士のうち馮《フエン》と陶《タオ》はわかった。温《ウエン》元《ユアン》のことはひとっことも言ってないよな、そうだろ、蟹やん？」

「そうだとも！」蟹やんが重々しくうけあう。

「なんのつもりで、洗いざらいこんな話をするんだ？」馬栄《マーロン》がつっかかる。

「おまえさんのためを思って事情を説明してやってるんさ」蟹やんが応える。

「そういうこと！」小蝦どんがしたり顔で言う。「事情を説明してやってるんだ、この目で見たままをな。だが馬《マー》さん、あんたはいいやつみたいだから、うけうりの話もひとつおまけしとこう。陶《タオ》の親父さんは陶匡《タオクワン》てお人だが、三十年前にあの紅堂楼《こうどうろう》で自殺した。窓には鉄格子、扉はなかなから鍵がかかっていた。そして、三十年前のまさにその晩、あの骨董商の温《ウエン》はやっぱり旅館付近にあらわれたそうだ。なんかの因縁ってやつだね」

「なるほどねえ」馬栄《マーロン》が陽気に言う。「うちの親分に伝えとくよ、寝室にふたりばかり亡者を呼び出さなきゃってね。さてと、公務を片づけたからには、こんどはおれの一身上のことでちょいとご指南ねがいたいんだが」

蟹やんがため息をつく。なげやりな口ぶりで小蝦どんに、「女がほしいんだとよ」それから馬栄《マーロン》に「あのなあ、あんた、一本さきの通りに行って、どこでも好きなうちに入んなよ。よりどりみどりだぜ、器量も手管も背格好も。てめえの面倒ぐらい、てめえで見な！」

「ほんとにそんだけ揃ってるんなら」馬栄《マーロン》が説明する、「ちょいと特別仕立てがほしいんだ。おれはこの州の福臨《フーリン》の出なんだがね、今夜の相手はそこの女がいい」

蟹やんが丸い目を回して天を仰いだ。

「まいったね！」と、小蝦どんにげっそりと、「泣かせるじゃねえか、故郷《くに》の女だとよ！」

「まあな」馬栄《マーロン》がやや照れて、「ここ数年というもの、寝物語にお故郷《くに》なまりの出番がないって、ただそれだけなんだが」

「寝てしゃべるんかい、閨癖《ねやぐせ》がよくないねえ」蟹やんが小蝦どんに述べ、馬栄《マーロン》に向かっては、「わかったよ。青楼に行きな、南の妓坊だ。おれたちから聞いたって言って、やりてに銀仙を呼んでもらいな。福臨《フーリン》の出で、へそから上も下もすこぶる上玉で気さくな妓だよ。歌もうまい。凌《リン》さんに習ってる、昔は名妓で鳴らした人さ。だが、あんたは音曲って柄じゃなさそうだな。青楼に行くなら真夜中ごろにしな、今だと早い。あの妓はどっかの宴に呼ばれてるはずだ。その後で寝物語でもなんでもやってくれ。そっちのほうもご指南するかい?」

「そっちはまだいい! ま、とにかく耳寄りな話をありがとよ。だが、あんたらはあまり女に興味がなさそうだな」

「ないね」小蝦どんが言う。「饅頭《マントウ》売りは、商売もんにゃ手をつけねえだろ」

「まあ毎日は食わんだろ」馬栄《マーロン》が認める。「だが、時々はつまみ食いするんじゃないかな。商売ものがいたんでないかちょいと確かめるために。女っ気のない生活なんてちと味気なくないかい、それにしても」

「かぼちゃがあるさ」蟹やんが真顔で言った。

「かぼちゃ?」馬栄《マーロン》がとんきょうな声をあげる。のっそりうなずいた蟹やんが、襟の折り返しからつまようじを出して歯をせせりだす。

「二人して育ててる」小蝦どんが説明する。「蟹やんとおれは島のずっと西側の河堤に小さな家があってな。いい畑があって、そこにかぼちゃを植えてる。仕事帰りの夜明けがた、まずかぼちゃに水をやってから寝ることにしてる。午後遅くに起きて畑の草むしりをして、また水をやる。それでこっちに戻ってくるのさ」

「蓼食う虫も好き好きだな! だが、どれもこれも同じようなもんじゃねえか?」

「そりゃあ、おめえの間違いだ」蟹やんは大まじめだ。「育つところを見たらいい! 同じかぼちゃはふたつとないんだ、絶対にふたつとな」

「十日前、かぼちゃに水をやってたときの話をしてやれよ」小蝦どんがさりげなく割り込む。「その朝、葉っぱに芋虫がいたんだ」

うなずく蟹やんが、つまようじをしげしげと眺める。

「その同じ朝、博士の舟が浮き桟橋についた。うちのかぼちゃ畑の向こう岸なんでね。骨董商の温《ウエン》と長いこと話し込んでたな。こそこそと木立の陰なんかでよ。博士の父親が上得意だったから、息子とも顔見知りだったんだろ。そうはいっても見た限りじゃ、骨董品の話って雰囲気でもなかったけどな。おれたちはかたときも見回りのつとめを離れないんだ。たとえ非番だろうが、うちのかぼちゃに芋虫がついてようが」

「おれたちゃ馮《フエン》さんひとすじにお仕えしてんだ」小蝦どんも言う。「なんたって、この十年というもの、あの人のおまんまを食ってるんだから」

蟹やんがつまようじをほうって腰を上げた。

「さて、馬《マー》さんはひと勝負したい」と言う。「つまり、そもそものふりだしに話は戻る。手持ちはどれくらいあるね、馬《マー》さん？」

5

もつれた縁《えにし》に眉をひそめ
謎めく事件に頭を痛める

馬栄《マーロン》はしけた顔の米商人三人と卓を囲んだ。いい札を引き当てたが、ちっとも乗らない。わいわい騒いだり悪態ついたり、ぱっとにぎやかでないと遊んだ気がしないのだ。はじめにちょっと勝ってまた負けた。どうやらそのへんが潮時だったので、立ち上がって蟹やんと小蝦どんに別れをつげ、ぶらぶら歩いて白鶴楼に戻った。

あるじにようすを聞くと、そろそろお開きで、お客のうちふたりと妓女たちはとうにひきあげたという。帳台《カウンター》横の長い腰かけに案内されてお茶が出た。

ほどなく、馮戴《フェンダイ》や陶番徳《タオバンテー》とともに狄《ディー》判事が大階段に出てきた。輿に案内されながら馮《フェン》に言う。「あした、朝食後はまっすぐそちらの執務室に出向いて正規の法廷を開く。じかに手配して、博士自殺の関係書類をそろえて出しておいてくれ。おたくの検死官も同席するように」

馬栄《マーロン》の介添えで輿に乗った。

ともに輿に揺られる間に、宴席の収穫を副官に話して聞かせた。羅《ルオ》知事火遊びの一件は伏せて、ありきたりの自殺事件だと同僚どのが言った通りだった、と言うにとどめた。

「馮《フェン》の部下はまた違うようですよ」馬栄《マーロン》が渋面をつくる。蟹やんと小蝦どんから聞いた話をこと細かに報告すると、判事がもどかしげに、

「おまえの友人が間違っておる。中から鍵がかかっていたと、前に言わんかったか？　それに、あの窓の鉄格子を見たではないか。だれであれ、通り抜けたりなどできん」

「でも、偶然にしちゃ妙じゃありませんか？　三十年前に陶《タオ》のおやじが自殺したのと同じ部屋で、やっぱりあの骨董商のじいさんがいたなんて」

「その水中の友ふたりは、雇い主の馮《フェン》にはりあう温《ウエン》への反感をもらしたまでだ。どうやらあの骨董商を厄介ごとの深みにはめたいとみえる。宴席で会ったが、たしかにあの老いぼれには嫌悪の念を禁じえない。私なら、馮《フェン》を追い落とそうともくろんでもあの男とは絶対に組まないし、里正の後釜にすえるなど思いもよらない。とはいえ、殺人となると話はまた別だ。そもそも温《ウエン》がなぜ博士を殺したい？　馮《フェン》を追い落とすにはまたとない助っ人ではないか。いやはや、そっちの情報源ふたりはその点からして矛盾しとるぞ。こういった地元の確執に巻き込まれるのはよそうじゃないか」しばし考え込み、思いにふける手つきで口ひげを引っ張る。ついで続けた。「ここでの博士のようすについては、その馮《フェン》の部下二名の話でつじつまが合うな。元凶の女にたまたまでくわした。それも一度ならず二度までも。不運の上塗りだよ！」

紅堂楼《こうどうろう》の藤棚でのやりとりを話して聞かせ、さらに

「博士は頭脳明晰、学識豊かだったかもしれんが、女を見る眼はなかったに違いない。花魁はなるほど目のさめるような美人だが、中身は酷薄この上ない人でなしだ。不幸中の幸いで、同席したのは宴の後半だけですんだが。食事はうまかった、それは認めんとな。あと、陶番徳《タオパンテー》とはずいぶん話がはずんだ。それに賈玉波《チアユウボウ》という若い詩人とも」

「そいつは例のついていないやつですね、賭けであり金ぜんぶすっちまった！」馬栄《マーロン》が述べる。「しかも、たった一席ですぜ！」

狄《ディー》判事が両眉をつり上げる。

「妙だな。馮《フェン》はもうじき賈《チア》をひとり娘にめあわせると言っていたが！」

「まあね、男にとっちゃ、なくした金を取り戻すにゃそれしかないですね！」馬栄《マーロン》がにやついた。

輿が永楽館の玄関についた。馬栄《マーロン》が帳台《カウンター》のろうそくをとり、二人で前院子をぬけて庭を通り、暗い長回廊をたどって紅堂楼《こうどうろう》に出た。


脇の間の木彫扉を開けた狄《ディー》判事が、ふいに固まった。紅の間へ続く左扉の下に、光がひとすじもれている。指さして声を低めた。

「おかしい！　はっきり覚えがある、ろうそくは出かける前にちゃんと消したぞ！」かがんで、「それに、鍵穴にさしておいた鍵がない」

馬栄《マーロン》が扉に耳を押しつける。

「何も聞こえません。叩いてみますか？」

「その前に、まずは窓からだ」

居間を足早にぬけ、外の藤棚に出て鉄格子の窓に忍び寄った。馬栄《マーロン》が思わず罵声をもらす。

寝台前の紅絨毯に、一糸まとわぬ女が倒れていた。大の字になり、顔をそむけている。

「死んでますか？」馬栄《マーロン》がささやく。

「胸が上下しておらん」判事が鉄格子に顔を押しつける。

「みろ、鍵穴に鍵がある！」

「つまり、この呪われた部屋で三つめの自殺ですね！」

馬栄《マーロン》が心配そうに声をあげた。

「自殺とはいいきれんが」狄《ディー》判事がつぶやく。「首の脇にあるのは、どうやら青あざのようだ。いますぐ旅館のおもてに行ってあるじをつかまえ、馮戴《フェンダイ》を呼んでこさせろ！ ただし、何を見たかはひとこともらすな」

馬栄《マーロン》がかけだすと、判事は窓をのぞきこんだ。寝台の赤いとばりはいっぱいに開いている、部屋を出たときのままだ。だが、たたんだ白い衣類が枕の脇にある。ほかに寝台脇の椅子にやはりきちんとたたんだ女ものが積んである。寝台前に、ちっぽけな絹靴がそろえてある。

「あの驕慢な女が、哀れな！」小声で言う。「得意の絶頂だったのに！ いまや死んでいる」

窓を離れ、欄干ぎわに腰をおろした。歌や笑い声が風に乗って、園内の二階家から聞こえてくる。夜はまだこれからだ。つい二、三時間前、そこの欄干で豊満なからだを誇示していた。驕慢な女だった。だが、あまりに厳しすぎてはなるまいと思い返す。あの女ひとりのせいではない。見た目の美しさばかりをもてはやし、肉欲にふけり、あくせくと金に執着するといった、この手の歓楽地に露骨な風潮が女を堕落させ、ゆがんだ価値観を持たせてしまった。つきつめればむしろ哀れをもよおす。

馮戴《フェンダイ》の到着で、物思いから現実に引き戻された。馬栄《マーロン》のほかに、宿のあるじと屈強な部下二名もいっしょだ。

「何事でございますか？」馮《フェン》がただならぬ顔でたずねる。

狄《ディー》判事が鉄格子窓を指さす。馮《フェン》とあるじが近寄った。とたんにはじかれたようにのけぞり、息を呑む。

狄《ディー》判事が立ち上がった。

「部下どもに扉を破らせろ！」里正に命じた。

脇の間の扉に、馮《フェン》の部下たちが体当たりした。びくともしないので馬栄《マーロン》も加わった。鍵まわりの木部が裂け、はずみで扉が手荒く開いた。

「そこを動くな！」狄《ディー》判事が命じる。敷居をまたぎ、そこから床にのびた死体を眺める。秋月のなめらかな白いからだには傷も血痕もなかった。だが、さぞや恐ろしい目に遭ったとみえ、断末魔の顔が恐怖にゆがみ、うるんだ目が飛び出ている。

なかに入って死体の脇にしゃがみ、左乳下に片手を当てた。死体はまだ温かいから、心臓が止まって間がないはずだ。まぶたを閉じてやり、のどを調べる。両横にそれぞれ青あざがある。首を絞めたには違いないが、それにしては爪あとがない。しみひとつないからだをくまなく調べる。両の前腕に浅く長いかき傷が数本あるが、ほかに暴力を加えたあとはなかった。できて間もないようだ、藤棚で裸同然のときは、そんな傷は絶対になかった。死体を裏返したが、すんなりした背には何もない。最後に両手をよく調べた。丹念に手入れした長い爪は無傷だった。紅絨毯のけばがごくわずか、爪にはさまっているだけだ。

立って部屋を見回す。争った形跡はない。合図して他の者を部屋に入らせ、馮戴《フエンダイ》に言った。

「宴のあと、ここで何が起きたか明らかだ。おそらくは私と夜を過ごしてなじみになろうとしたのだろう。羅《ルオ》知事が身請けしてくれると勘違いしていたから、誤解だとわかって鞍替えしようと決めたのだ。待つ間に、何か変事があった。さしあたっては不慮の死と呼ぶことにする、知るかぎりでは外からこの部屋には入れなかったのだからな。そちらの部下たちに命じてなきがらを里正役所に運ばせ、検死に備えてくれ。明朝、開廷したらまっさきに本件を吟味する。宴に出た温元《ウエンユアン》、陶番徳《タオバンテー》、賈玉波《チアユウボウ》も呼び出しておくように」

馮《フエン》が出て行くと、こんどは宿のあるじにたずねた。

「おまえか他の者で、旅館に入ってくるあの女を見た者がいるか?」

「いいえ、閣下。ですが、拝月亭《はいげってい》はうちの地所のつづきにございまして、抜け道からここの藤棚に出られます」

寝台に近寄った判事が天蓋を見上げる。普通より高い。奥壁の羽目板を軽く叩いてみたが、空洞はない。ふりむいて、白い死体から目を離せないらしいあるじを一喝した。

「そこにつったって目をむいとる場合か! 包み隠さず申

せ、この寝台はのぞき穴なぞの怪しいしかけが隠してあるのか?」

「めっそうもございません!」死んだ女に目を戻すと、しどろもどろに「はじめはあの博士、今度は花魁、て、手前には何が何だかさっぱり……」

「それがわかれば苦労はせん!」判事がさえぎった。「この部屋の向こう側は何だ?」

「ございません、閣下! つまりその、お部屋はございません。外壁と横手の庭だけで」

「これまでにもこの部屋で変事はなかったか? ありていに述べよ!」

「そんな、閣下!」あるじが涙声になる。「ここのあるじを十五年以上つとめております。何百人ものお客様をこちらにお泊めいたしてまいりましたが、苦情はただの一度もございません。それが、なんでこんな……」

「宿帳をもってこい!」

あるじがあたふたと出ていった。いれかわりに馮《フェン》の部下たちが担架を持ってくる。なきがらを毛布にくるみ、運び出した。

その間に、判事のほうは紫苑色の長衣の袖を探っていた。どこにでもある錦の紙入れには櫛とつまようじ、秋月の名刺ひと包み、手巾《ハンカチ》二枚のほかに見当たらなかった。ついで、あるじが宿帳を小脇に抱えてきた。「卓上に置いておけ!」大声で狄《ディー》判事が命じる。

馬栄《マーロン》ひとりになると、判事は重い足どりを卓まで運び、疲れたようにため息をついて腰をおろした。

大男の副官が茶籠の茶瓶をとりあげ、お茶をくんで出す。もうひとつの茶碗についた紅のあとを指さして、なんの気なしに言った。

「死ぬ前にひとりでお茶を飲んだんですね。たったいまお茶を注いだふたつめの茶碗はからからだったんですから」

とたんに、判事がなみなみと入った茶碗を手荒く置いた。

「この茶を茶瓶に戻せ」ことば少なに命じる。「あるじに言って病気の犬か猫を連れてこさせ、毒見させてみよ」

馬栄《マーロン》が行ってしまうと狄判事《ディー》は宿帳を引き寄せ、紙面を繰りはじめた。

意外に早く馬栄《マーロン》が戻ってきた。首を振る。

「お茶はなんともありませんでした」

「それはあいにくな！　ここに女と一緒にだれかいて、帰りぎわに茶に一服盛り、あとで鍵をかけてから飲むようにしむけたのではと思ったのだが。それしか筋の通る説明はない」

八方ふさがりのおももちで椅子にもたれ、あごひげをたぐった。

「でも、のどの青あざはどうなんですか、閣下？」

「皮一枚の傷に過ぎんし、ただのあざというだけで指あとも見当たらん。なにか未知の毒によるのかもしれん。だが、首を絞めたせいでないことはたしかだ」

馬栄《マーロン》が大きな顔を曇らせてかぶりをふる。不安そうに、

「じゃあ、何があったんでしょう？」

「両腕に浅くついた、あの長いかき傷だ。原因は不明、博士の腕にあった傷と寸分違わん。博士も意中の女もこの紅の間で死んだ、他にも共通点がなにかきっとある。怪事件だな！　まったくもって気に入らんよ、馬栄《マーロン》」しばしもの思いにふけりながら、ほおひげをなでる。ついで姿勢を正すと続けた。「ひとりになってから、この宿帳の泊まり客を念入りに調べた。長短の差はあれ、過去二カ月間で約三十人が紅堂楼《こうどうろう》に寝泊まりした。それでだ、泊まり客ほとんどの余白に女の名前と追加料金が朱で書き込んである。これの意味がわかるか？」

「かんたんですよ！　つまりですね、そういう泊まり客は晩に妓女を呼んだんです。余白の金額は手数料で、そういう妓たちが旅館の手配に対して払わなきゃならんのです」

「なるほど。それでだ、博士はここで泊まった最初の晩つまり十九日に、牡丹という妓を呼んでいる。その後のふた晩は翠華、二十二日と二十三日は石竹とかいう妓だ。そして、二十五日の夜に死んだ」

「そのひと晩の無駄が頭にきたんですな！」馬栄《マーロン》がかろう

じて笑いを浮かべた。

判事の耳には入らなかった。考えこんでさらに話を続ける。「変だな、秋月の名前が出てこない」

「午後なら毎日ありますからね！　趣向を凝らしてお茶を飲むやつだって中にはいますよ！」

狄《ディー》判事が宿帳を閉じた。視線を室内に泳がせ、席を立つと窓辺に行った。太い鉄格子にさわり、次にがっちりした木枠を確かめ、こう述べた。

「この窓に怪しい点はない。この窓をくぐって入れる人間などおらん。また、何らかの妙な仕掛けがあるという疑いもはずしていい。ここから一丈（三・三メートル）さきに倒れとったんだからな。仰向けになり、窓でなく扉に顔を向け、頭はこころもち左、寝台の方角をさしていたな」気落ちしたようすでかぶりをふって、さらに、「もう行ってぐっすり眠るがいい、馬栄《マーロン》。夜が明けたらすぐ、あの浮き桟橋に行ってくれ。なんとか馮戴《フェンダイ》の船長を探しだし、例の二艘が衝突したもようをひととおり聞き出してくれ。例のかぼちゃ栽培家の友人ふたりによると、博士と骨董商があそこで会っていたそうだが、その話もそれとなくあたってこい。私のほうはあの寝台をよく見直してから、やはり寝ることにする。明日は二人とも忙しくなるぞ」

「まさか、この部屋で寝るおつもりじゃないでしょう？」

馬栄《マーロン》が仰天する。

「むろん、そのつもりだとも！」判事が腹立たしげに言う。

「じっさいに何かあるのか、確かめるにはちょうどよかろう。もう行って寝場所をみつけるがいい、おやすみ！」

一瞬反対しかけた馬栄《マーロン》だが、狄《ディー》判事の顔つきを見て、言うだけむだだとさとった。一礼して部屋をさがる。

判事自身は後ろ手に組んで、寝台前に立った。敷布の薄絹がいくぶんしわになっている。人さし指でさわってみると、わずかに湿っていた。かがんで枕の匂いをかいでみる。宴で隣りあったときに髪から匂ったのと同じ、麝香の香りがした。

第一段階はたやすく想像がつく。たぶん拝月亭《はいげつてい》にちょっと寄り道して、藤棚から紅堂楼《こうどうろう》に入ったのだろう。居間で判事を待つつもりだったかもしれないが、紅の間の戸に鍵がさしたままだったので、そちらで待つお膳立てのほうがいっそう効果をあげられると思いついた。お茶を一杯飲み、ついで上衣を脱いでたたみ、椅子にのせた。一糸まとわぬ裸になり、下衣を寝台の枕の横に置いた。寝台の縁に腰かけ、靴を脱いで床にそろえた。仕上げに寝台に寝て、判事が扉を叩く音を待ち受けたのだ。背中の汗で絹の敷布にしわが寄っていたから、しばらくそこで寝ていたに違いない。次に起きたことは想像もつかない。何かがもとで寝台をそうっと離れたに違いない。かりにとびおきたら、枕や上掛けが乱れていたはずだ。寝台前に立ったとたん、女に何か恐ろしいことが起きた。まじりけなしの恐怖を浮かべた死顔をふと思い出し、判事はぞっと身震いした。

枕を押しのけ、絹の敷布をはがした。しなやかな葦を編んだ中敷の下はすぐ堅い板だ。卓に近づいてろうそくをとる。寝台に立つと、天蓋にかろうじて手が届くとわかった。こぶしで叩いてみたが空洞はない。寝台奥の羽目板に小さくはめこんだ春画のひとそろいに眉をひそめながらも、もういちど叩いてみる。ついで帽子をずらして、まげ留めを抜いた。羽目板の継ぎ目をずっとなぞってみたが、隠し戸らしい深い裂け目はなかった。

ため息をついて床に降りる。まったくもって不愉快だ。長いひげを撫でながら、あらためて寝台を眺めた。ふと、ある不安にかられる。博士と花魁はどちらも浅いかき傷が長くついていた。これだけ古い建物ともなれば、何かしら妙な生きものが棲みついてもおかしくないのではあるまいか？　以前に読んだ怪談奇談のかずかずが思い浮かんだ。それは大きな……

あわててろうそくを卓に戻し、用心しいしい寝台のとばりを振ってみた。その後に床にひざをついて寝台の下をのぞく。まったくの空っぽ、ほこりや蜘蛛の巣さえない。最後に、ぶあつい紅絨毯のすみを持ち上げた。下はちりひとつない磚《タイル》張りの床だ。どうやら博士の死後にすみずみまできれいに掃除したとみえる。

「なにか妙な生きものが、鉄格子をくぐって入ったのかもしれん」とつぶやく。居間に行って馬栄《マーロン》が長椅子にのせておいた愛剣を取り、藤棚に出た。花すだれのあちこちに突きを入れ、力をこめて葉蔓を揺すった。花霞《はながすみ》が青く散りこぼれたが、それで終わりだった。

狄《ディー》判事は紅の間に戻った。扉をしっかり閉じ、中央の卓を寄せて押さえる。そうしておいて帯を解いて長衣を脱ぎ、たたんで鏡台前の床に置いた。ろうそく二本のあかりが夜明けまでもつとすばやく確かめた上で帽子を鏡台にのせた。たたんだ長衣を枕にして床《ゆか》に寝そべり、抜き身の長剣を脇に横たえて右手を柄に置く。眠りは浅いほうだから、どんなかすかな物音にも目をさますはずだ。

6

囚われ人を青楼に見出し
故郷のよしみを通じ合う

判事の前をさがった馬栄《マーロン》が帳場を通りかかると、給仕が十数人集まって、ひそひそ声でこのたびの悲劇について話していた。目はしのききそうな若い給仕の腕をつかまえ、台所口に案内させる。

その若いのに案内され、いったんおもての通りに出て、門番小屋の左手で生垣の柴折戸《しおりど》をくぐる。なかに入ると右手に客棟の目隠し塀、左手に荒れ庭があった。塀のやや離れたところに戸口があり、にぎやかな金物の音にまじって水を流す音がする。

「うちの台所口はあれです」若い給仕が言う。「ぼくら使用人は、夜更けにあっちの右棟まで食事に行きます」

「そのまま歩け！」馬栄《マーロン》が命じた。

客棟の曲がり角まできて、厚く茂り、藤のこぼれ花が一面にかかった植え込みにさえぎられた。馬栄《マーロン》が枝をかきわけると、紅堂楼《こうどうろう》の藤棚の左端に出る狭い木の階段があらわれた。階段の下に、草むらに隠れた小道があった。

「あれをたどっていくと花魁の拝月亭《はいげってい》の裏口に出ます」馬栄《マーロン》の肩越しに給仕が目をやる。「あそこは、とくに気に入ったおなじみさんがたをもてなす場所でした。こぢんまりして落ち着けるし、きれいな家具を置いてますよ」

馬栄《マーロン》がぶつくさ言う。やや手こずったが茂みを抜け、藤棚の手前に細長くのびた空き地に出た。判事が紅の間を歩き回るようすが聞こえる。すぐ背後についてきた給仕をふりかえり、指を一本唇にあててみせ、ついですばやく茂みをさぐった。年季の入った緑林の兄弟だっただけあって、足音はほとんどたてない。だれも隠れてないことを確かめ、そのまま移動して広い路上に出た。

「こちらが園内の目抜き通りです」若いのが説明する。「右へ右へと曲がっていけば、うちの旅館の向こう側にある、さっきの通りに出ます」

馬栄《マーロン》がうなずく。だれでも気づかれずに外から紅堂楼《こうどうろう》に出入りできると思うと気が滅入った。一瞬だが、そこの木の下にでも寝て過ごすかと思った。だが、判事には判事の考えがあるだろうし、どこかほかで寝場所を見つけるようにと、とうに指示が出ている。ま、どのみち、判事どのの寝込みを襲うつもりで、茂みにひそむ悪漢がいないことは確かめた。

旅館の玄関に戻り、若い給仕に青楼までの道順を説明させた。白鶴楼の裏にあたる南坊にある。帽子をあみだにかぶり、通りぞいに歩いていった。

真夜中をすぎていたのに、賭場も料亭もすべてこうこうと灯がともり、通りのにぎわいはおさまりそうにない。白鶴楼を過ぎて左に折れた。

折れたとたん、ばかに静かな裏道に出た。両側に並ぶ二階建ては暗く、路上に人影もない。等級と番号だけの表札に目を凝らすうち、ここが妓女たちの住まいで、表札はめいめいの番付だとわかった。外からかんぬきをかけたこの家々の奥で、妓女たちは食事と睡眠をとり、歌舞を仕込まれる。

「青楼はきっとすぐ近くだ」とつぶやく。「卸元《おろしもと》は近いほうがなにかと便利だしな！」

そこでふいに足をとめた。左手の、よろい戸をおろした窓のひとつでうめき声がする。板壁に耳を押しつけた。しばらくは静まりかえっていたが、やがてまた声がした。だれかが苦しんでいるにちがいない、それに、たぶんひとりきりだ。朋輩たちは夜明けがたまで帰ってきそうにないのだから。すばやく玄関口を探ると、「上品四番《じょうほん》」とある。むくの一枚扉に鍵がかかっている。家の正面ぞいにずっとのびる狭い露台を見上げる。衣のすそを帯にたくしこみ、跳躍して露台の欄干をつかんだ。むぞうさに欄干を越える。

すぐ目についた格子戸を蹴りあけ、脂粉の香ただよう小部屋に入った。鏡台の上にろうそくと火口箱を見つけた。ろうそくの明かりで踊り場に出て、すばやく狭い階段をおり、暗い玄関に出た。

左手の扉下から光がもれている。うめき声はそこからする。床にろうそくを置いてなかに入った。がらんとした大部屋に、燈火ひとつだけだ。太い柱六本が低い格天井を支え、床にむしろが敷きつめてある。向かって正面の壁一列に琵琶や笙、奚琴《けいきん》などの楽器がかかっている。妓女に歌舞を仕込む稽古場だとひとめでわかった。うめき声はいちばん奥まった窓辺の柱から聞こえてくる。急いでそちらに行った。

はだかの妓が柱になかばぶらさがるように顔をあずけ、頭上高く両腕をかかげていた。女ものの絹帯で腕を柱に縛られている。しなやかな背中から尻にかけて、赤いみみずばれが何本も走っていた。広幅のずぼんと長い下紐が足もとに落ちている。ひとの近づく気配に、こちらを見もせずに声をあげる。

「いや！　おねがい……」

「黙ってろ！」馬栄《マーロン》が無愛想に、「助けに来たんだ」

帯からあいくちをはずし、すばやくいましめを断つ。妓はなんとか柱につかまろうとしたが、やがて床にくずおれた。われながら気のきかなさに愛想をつかし、馬栄《マーロン》はその脇にしゃがんだ。妓は目を閉じ、気を失っている。

その姿をとっくり眺めて目利きする。「いい女じゃねえか！　だれだよ、こんな目に遭わせやがったやつは。おまけに服をどこへやったんだ？」

ふりむくと、女ものの服が窓の下に積んであった。白い下衣《したぎ》をとってかけてやり、また床に座り込んだ。青あざになった手首をしばらくさすってやっていると、まぶたが動いた。口を悲鳴のかたちにあけたところへ、馬栄《マーロン》がすかさず、

「安心しろ、おれは政庁の士官だ。おまえの名は？」

妓は身を起こそうとしたが、痛さに声を上げてまた倒れた。震え声で、

「上品《じょうほん》の妓です。二階に部屋があるの」

「だれにぶたれた？」

「ううん、何でもない！」あわてて答える。「本当に、ぜんぶ私のせいなの。ほんの内輪の話なんです」

「そうとは言い切れん。かくしだてせず、訊かれたことに答えろ！」

妓がおびえた目をする。

「何でもないんです、ほんとに」声が小さくなる。「今晩、花魁の秋月さまのおともで宴に出たの。あたしがそそうをして、お客のお召し物にお酒をこぼしちゃったんです。そしたら花魁に叱られて控え室へやられたの。あとから花魁もやってきて、ここに連れてこられて。平手であたしの顔を叩きはじめたんで、よけたはずみに花魁の腕をひっかいちゃったの。花魁ってすごく短気でしょ、もうかんかんになって、着ているものをぜんぶ脱げって。この柱にしばりつけておいて、ずぼんの下紐を鞭がわりにお仕置きされた

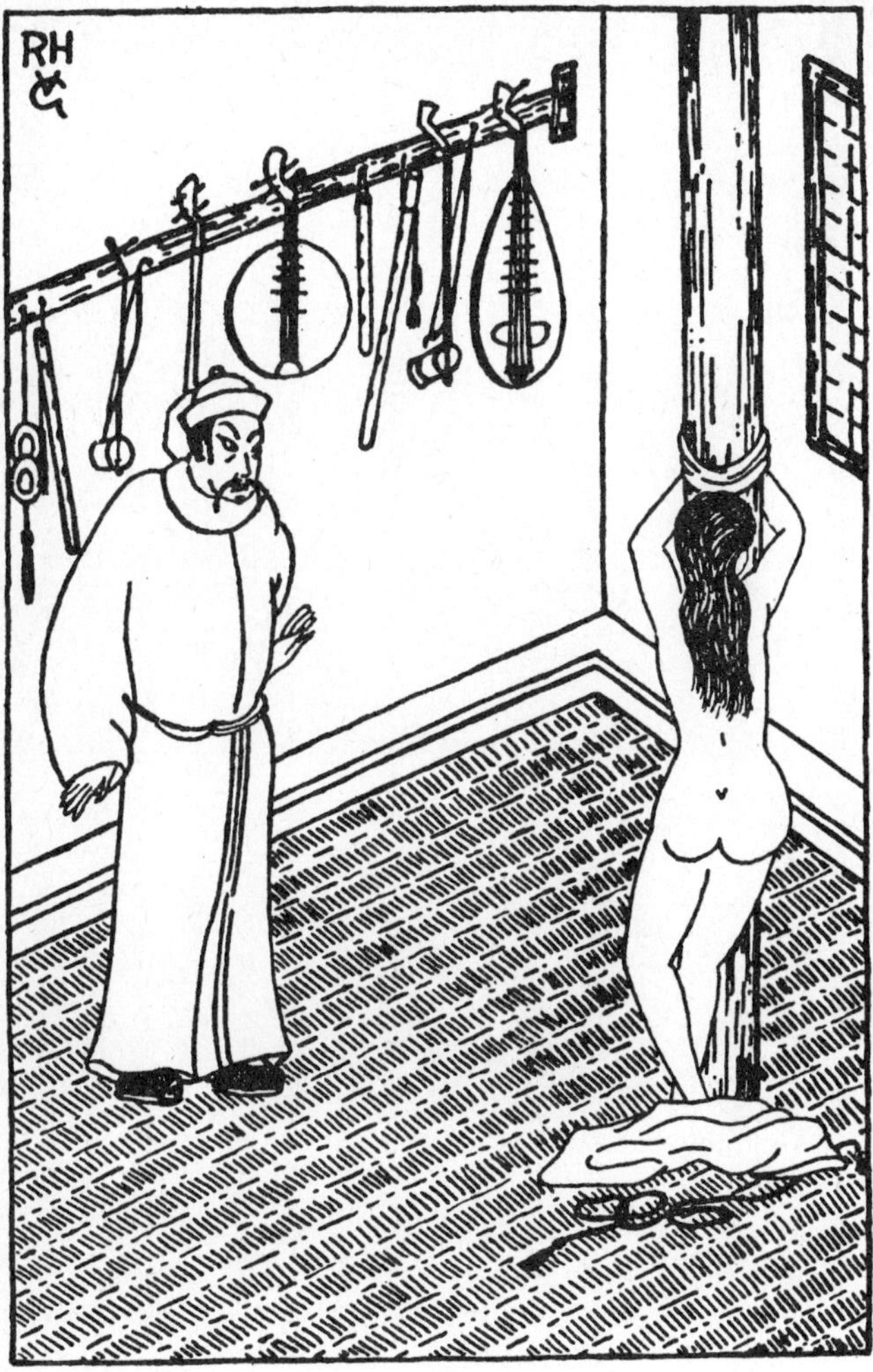

妓女を見つける

わ。あとで帰ってきたら放してやるから、それまでたっぷり反省するようにって言われた」唇がわななきはじめる。こみあげるものを何度かのみこんで、ようよう続けた。

「でも……でも、戻ってこなかった。とうとう立ってられなくなって、腕もしびれて。あたしのことなんか、すっかり忘れちゃったんじゃないかと思うと、もう怖くて……」

涙があふれて頬をつたう。われを忘れてしゃべるうちに、強いなまりがあらわれた。馬栄《マーロン》が自分の袖先でその涙をふいてやり、ことさらなまり丸出しで言った。

「もう心配いらんぞ、銀仙！　故郷《くに》の男が面倒みてやっからな！」驚く顔をしりめに続けた。「たまたま通りすがりに、ここんちの前でおめえのうめき声を聞きつけた。もっけの幸いだったぜ、秋月は二度と戻っちゃこねえ。これから先ずっとな！」

下衣がずり落ちて乳房が見えるのもかまわず、両手をついて半身を起こした。ただならぬ声で、

「あのひとの身に、なにかあったの？」

「死んだよ」馬栄《マーロン》が沈痛に答える。

妓が両手に顔をうずめ、泣きだした。馬栄《マーロン》は狐につままれてかぶりを振った。内心でげんなりする、女ってのはわかんねえ。

銀仙が顔を上げ、涙声で言う。

「うちの花魁が死んじゃった！　あんなにきれいで、あたまも良かったのに……そりゃあ、時にはぶたれたかもしれないけど、やさしくてものわかりがいい時だってよくあったわ。あんまり丈夫じゃなかったの。急にぐあいが悪くなったの？」

「さあ、どうだかな！　なあ、ちょっとおれの話をしていいか？　おいら、村の北のほうで船頭やってた馬良《マーリアン》とこのいちばん上だよ」

「ええっ！　じゃあ、船頭の馬《マー》さんちの子だったの！　あたしんちは肉屋の巫《ウー》、次の娘よ。うちの父ちゃんがいつも言ってたわ、河いちばんの船頭さんだって。この島に来たのはどうして？」

「今晩ついたばっかしだ、上役の狄《ディー》判事どのと一緒でな。となりの蒲陽《プーヤン》県の知事さまなんだが、いまは臨時代理でこここにおいでなんだ」

「知ってるわ。さっき話した宴で会ったの。物静かないい人みたいね」

「いい人だとも」馬栄《マーロン》が賛成する。「だが、物静かって——おい、ああみえてえらくにぎやかな時だってあるんだぜ！　さて、おめえの部屋へ連れてってやるよ。その背中も何とかしないとな」

「いやよ、今晩だけはこのうちにいたくない！」おびえたようすで妓が声をあげる。「どっかよそへ連れてって！」

「なら、行き先を言ってくれよ！　今夜はついたばかしでいろいろあってな、まだ寝るとこも見つかってないぐらいなんだ」

妓が唇をかむ。

「なんでこう、何でもかんでも面倒ばっかしなんだろ」と落ちこむ。

「うちの親分に訊いてみな！　おれの仕事は頭じゃなくて拳のほうなんだ」

妓の顔がわずかにほころんだ。

「わかった、じゃ、ふたつ先の通りにある絹物屋に連れてって。王《ワン》って後家さんがやってるんだけど、やっぱり故郷《くに》の人よ。あのおばさんならひと晩泊めてくれるわ、あんたのこともね。けど、まずはお手洗いまで手を貸してよ」

馬栄《マーロン》が手を貸して立たせ、白い下衣を肩にかけてやった。残りの服を拾いあげ、片腕を支えてやって裏の手洗いまで連れていく。

「もし誰かたずねてきても、いないって言って！」扉をしめるまぎわに早口で言った。

妓がすっかり服を着て出てくるまで廊下で待った。歩きづらそうだったので、ひょいと抱き上げてやる。言われるままにその家の裏道に出て狭い路地を抜け、小さな店の裏口に来た。そこで妓をおろしてやって戸をたたく。

いかつい女が出てくると、友達といっしょに今晩泊めてほしいのだと銀仙が大急ぎで説明した。女はひとことともきかずに、その足で狭いがきれいに片づいた屋根裏部屋にまっすぐ連れてあがった。馬栄《マーロン》が茶瓶に熱いお茶と手ぬぐい、それに膏薬ひと箱を頼む。また服を脱ぐのを手伝い、狭い長椅子に腹ばいに寝かせた。もどってきた後家が妓の背中をみて大声をあげる。

「やれ、かわいそうに、この子は！　いったい何があったんだい？」

「あっちはおれが面倒みるさ、おばちゃん！」馬栄《マーロン》はそう言うと、女を外に押し出した。

慣れた手つきで背中のみみずばれに軟膏を塗った。そちらは大したことはない。二、三日であとかたもなく消えるはずだ。だが、血みどろになった尻の生傷までくると、顔つきがぜん険しくなった。お茶で傷を洗って軟膏を塗る。それがすむとひとつきりの椅子に座り、そっけなく言った。

「尻についたあの傷は紐なんかじゃねえぞ、おめえ！　政庁の士官なんだ、だてに目はついてねえ！　洗いざらい話しちまったほうが身のためとちがうか？」

組んだ両腕に顔を押しつけ、背を震わせてすすり泣く。その背に長衣をかけてやりながら、馬栄《マーロン》がさらにことばをかけた。

「内輪の妓《おんな》同士でどんだけはめをはずそうが、それはおめえらの勝手だ。筋さえ通ればな。だが、よそのやつがなめたまねをしやがったんなら、そいつは政庁が見過ごすわけにゃいかねえ。そらそら、だれのしわざか言いな！」

銀仙が涙だらけの顔をこちらに向けた。

「ほんとにいやな話なのよ！」みじめにつぶやく。「そりゃね、中品《ちゅうほん》と下品《げほん》の妓は、お金さえ払ってくれればどんなお客だってとらなきゃだめよね、でも極品《ごくほん》と上品《じょうほん》になれば、お客を選べるの。あたしは上品《じょうほん》だから、無理強いされなくていいはずなんだけど。でも、もちろん例外があって、あのいやらしい骨董屋の温《ウエン》がそうなの。ここじゃ、すごいお偉方で通ってる。何度もつかまりそうになったんだけど、いつもなんとかしのいできたの。それなのに、今夜の宴で秋月さんからうまいこと聞き出したに決まってる、稽古場に縛られたままだって。で、あのひひじじい、花魁が出てまもなくやってきたの。いろんな汚らしいまねをすれば、縛られた手をほどいてやるって。ことわったら、壁から長い笙をとって、それであたしをぶちはじめたの。秋月さんはそんなにひどくしなかった、痛めつけるより、身のほどを思い知らせるためだったから。でも、あの薄汚い温《ウエン》のやつは本気で打ってた。あたしが声を限りに悲鳴を上げてあわれみを乞い、なんでもいうこと聞くからって約束するまで出て行かなかった。それで、あとで戻ってくるって。だからあのうちにいたくなかったの。お願い、誰にも言わないで！　温《ウエン》に知れたら、あたし、もうおしまいよ！」

「あんの、根性曲がりのくそったれ！」馬栄《マーロン》がいきまいた。「心配いらん。あいつはお縄にしてやる、おめえの話なんかこれっぽっちも出さねえからな。あの性悪め、ここで何か後ろ暗い商売に一枚かんでやがるんだ、三十年も昔からな！　ねたはいろいろあがってんだよ！」

後家は茶碗を持ってこなかったので、茶瓶の注ぎ口からじかにお茶を飲ませてやる。妓は礼を言ってから、考え考え言った。

「あたしもなんか手伝えるといいな、あいつには他の妓たちもひどい目に遭ってるから」

「うーん、まさか三十年前にここで起きたことなんか、おめえは知らねえだろうな！」

「そりゃそうよ、だってまだ十九だもん。でも、そんな古い話をいっぱい聞けそうな人なら知ってるわ。貧乏なお年寄りで凌《リン》さんっていうの、あたしが歌を教わってる人。目が見えなくてね。ひどい肺病なんだけど、とってもものおぼえがいいの。島のずっと西側にあるあばらやに住んでるわ。浮き桟橋の向かいよ、その……」

「その近所に蟹やんのかぼちゃ畑があるんだろ？」

「そうよ！　なんでそんなこと知ってんの？」

「おめえが考える以上に、おれたち政庁の士官はいろいろ知ってるんだ！」馬栄《マーロン》が気どって答えた。

「蟹やんと小蝦どんはいい人たちよ、いちど手を貸して、あの骨董屋のひひじじいから逃がしてくれたわ。それに、小蝦どんはいざとなるとそりゃあ腕っぷしが立つの」

「蟹やんの方だろ」

「ううん、小蝦どん。大の男六人がかりでも、小蝦どんの相手じゃないんだって」

馬栄《マーロン》が肩をすくめる。女と喧嘩の話をしてもはじまらん。さらに女が言う。

「実をいうとね、淩《リン》さんを引き合わせてくれたのは蟹やんなの。ちょくちょく咳止め薬を届けてあげてたから。あの気の毒なおばあちゃんの顔はあばたで見る影もないけど、あんなきれいな声ってないわ。三十年前は極品《ごくほん》の妓女で鳴らしたひとで、ひく手あまただったんだって。気の毒じゃない？　昔は名妓だったのに、あんな顔のおばあちゃんになっちゃって。つい考えちゃうわよね、いつかあたしも……」

声をとぎらせた。気分直しに、馬栄《マーロン》が故郷の村の話をはじめる。銀仙の父親とはいちど、市場の店のほうで会っていたとわかった。その後に父親は借金で首がまわらなくなり、娘二人をやむなく女街に売り渡したのだという。

王《ワン》の後家さんがお茶をいれなおし、瓜の種と糖菓を大皿に盛りあわせて戻ってきた。知人のだれかれをたねに三人で話しこむ。後家が亭主の身の上話をながながと始めたころ、ふと馬栄《マーロン》が気づくと、銀仙はいつのまにか寝入ってしまっていた。

「このへんでお開きにしようや、おばちゃん！」と後家にいう。「おれのほうは夜が明けたら行かないと。朝食は心配いらないよ、通りの屋台で焼餅《シャオビン》でも買うさ。あの子に言っといてくれよ、ここには正午ごろまた来る、通りすがりになんとか寄れるようにするって」

後家が階下におりてしまうと、馬栄《マーロン》は帯を解いて長靴を脱ぎ捨て、両腕を枕がわりに敷いて寝台前の床《ゆか》にごろ寝した。いっぷう変わった場所で寝るのは慣れている。じきに、派手ないびきをかきはじめた。

7

眠れぬ夜をてんてんとし
ことの進展を待ち受ける

紅堂楼《こうどうろう》では、じかに床《ゆか》の上に寝た判事がなかなか寝つけずにいた。ふかふかの葦をつめた寝床に慣れた身には、紅絨毯はお粗末の一語につきる。寝入るまでだいぶかかってしまった。

だが、熟睡ではない。寝る前に紅堂楼《こうどうろう》への不安がきざしたなごりで、奇怪な夢がたてつづけにおとずれた。陽も届かない深い森で道に迷い、必死でいばらに分け入る。ふいに、冷たいうろこの何かが首筋に落ちてきた。悪態をついて、くねりよじれるそれをつかみ捨てる。大きなむかでだった。ふいにめまいがくる、きっとその毒虫にかまれたせいだ。目の前が暗くなった。気がつくと紅の間の寝台で、空気を求めてあえいでいる。形をとどめぬ黒い影が容赦なくのしかかり、腐臭がとりまく。急ぐふうもなく、確実に喉首をめざす黒い触手。餌食に逃げ道がないと知っている盲目の獣のようだ。窒息寸前に目ざめた、全身汗びっしょりだ。

ただの夢とわかってひと息つく。汗だくの顔を拭きに起きかけて、はたと止まった。室内は本当に悪臭がただよい、ろうそくも消えている。時を同じくして窓の鉄格子をぬける黒い影が、かそけき園内の光に照らされて視界のすみをかすめた。

また夢かとつかのま思ったが、やがて完全に目覚めているとわかる。剣の柄を握る手にいっそうの力をこめた。全身の神経をそばだて、身じろぎひとつせずに窓と周囲の闇をうかがう。じっと耳をすます。と、ひそやかにひっかくような音が寝台でしたのに続いて、真上の天井近くではばたく音がした。同時に、おもての藤棚で床板がきしんだ。

音もなく起きた判事が、剣をかまえてその場にうずくまる。音がとだえると一気に跳躍して立ち、寝台と向き合って壁に背をつけた。室内をすばやく確かめる、だれもいない。卓ははじめに置いた通りに扉をふさいでいる。大またで三歩、あの格子窓まで行く。藤棚に人影はない。折からの風で藤の花が揺れている。

鼻をきかせれば、まだ臭う。だが、こうなると、突風に消されたろうそくが燻ったせいだろうと思えてくる。

火口箱《ほくちばこ》をあけてろうそくをつけ直し、一本をかざして寝台をみる。とくに変わった点はない。寝台の脚を蹴飛ばしたひょうしに、あのひそやかな音がまたしたようだ。ねずみかもしれない。ろうそくをかかげ、天井の太いたるきをくまなく見る。はばたく音は天井にぶらさがるこうもりの羽音かもしれない。それが窓格子をすりぬけて飛んでいったのだ。さっき見かけた黒い影は、およそこうもりにあるまじき大きさではあったが。わびしくかぶりを振って卓を押しのけ、脇の間を通って居間へ行った。

藤棚への戸口は大きく開いていた。涼しい夜気を入れたくて、わざと開けっ放しにしたのだ。藤棚に出て足で床板のぐあいをためす。格子窓の手前が一枚きしんだ。まさしく、さっき聞いた音だ。

欄干ぎわに寄って、さびれた園内の景色に目をやる。色とりどりの花ちょうちんを涼風が揺らす。もう真夜中をかなり過ぎているに違いない。料亭からはなんの音もしないが、二階はまだ窓のいくつかに灯がともる。思い返せば、消えたろうそくとあの悪臭、黒い影、ひっかく音やはためく音にいたるまで、すべて完璧に罪のない説明がつく。だが、床板がきしんだということは、誰か、でなければ何かが格子窓のそばを通ったのだ。

判事は薄い下衣《したぎ》の衿もとをかきあわせ、なかに入った。居間の長椅子に横になる。とたんにどっと疲れがおしよせ、まもなく夢も見ずにぐっすり眠った。

目が覚めたのは、部屋がようやく明るみだした夜明けごろだ。給仕が卓の辺を行き来して熱いお茶をしたくしている。狄《ディー》判事は給仕にいいつけて、朝食は藤棚のほうに出させた。ひんやりした夜気のなごりはまだあるが、陽ざしが強まればじきにまた暑くなるだろう。

きれいな下衣を選び、旅館の共同浴場にでかけた。こんな早い時間なので、浴槽をひとりじめして好きなだけのんびり浸かっていられた。ひと風呂浴びて戻ってくると、藤棚の小卓にごはんと漬物の皿が出ていた。まさに箸をとったところで右端の花すだれがめくれた。馬栄《マーロン》があらわれ、判事に朝のあいさつをする。

「今までどこにいた?」狄《ディー》判事が驚いてたずねる。

「ゆうべはそのへんをさっと見回りました。園内の目抜き通りから、この藤棚へ抜ける脇道を見つけました。藤棚の左端にべつの小道があって、花魁の拝月亭《はいげつてい》にまっすぐ出ます。だから、この藤棚から出たほうが近道だってゆうべ言ったのは、少なくともうそじゃありません。旅館の者に気づかれずにここへ来て紅の間に入れたのも、それでうなずけます。閣下はよくおやすみになれましたか?」

菜漬けを噛みながら、夜中に見聞きしたものへの疑いを馬栄《マーロン》に話すのはよそうと決めた。副官はこわもてだが、妖異怪異のたぐいだけは大の苦手なのだ。それで、こう答えた。

「おかげでな、わりあいよく寝た。浮き桟橋のほうは何か手ごたえがあったか?」

「あるともないとも言えますね。夜明けについたら、漁師が船出のしたくをしてました。馮《フェン》の持ち船は岸にあがって、穴のふさがった胴を塗りにかかるとこでした。船長は陽気な男でして、船ん中をすっかり見せてくれましたよ。帆は充分だし、船尾《とも》の船室ときたら旅館なみですね、広い露台まであるんですから。例の衝突の話を出したとたんに船長は血がのぼっちまって、けっこう言いたい放題でした。ぶつかったのは真夜中ごろだが、一から十まであっちが悪い、船頭まで飲んだくれてやがるって。でも、博士本人はけっこうしらふだったらしいです。馮《フェン》のお嬢さんはてっきり船が沈むってんで、ねまきで露台に走り出たんですが、博士が出向いてじかに謝りました。船室前で立ち話してるとこを、船長が見たそうです。

　で、まあ、水夫たちが夜通しかかって二艘を離しまして。ようやっと博士の舟にもう一艘を曳かせて浮き桟橋に向かうめどがたったときには、夜明け近くなってました。椅子《いす》轎《かご》が一丁しか拾えなかったんで、馮《フェン》のお嬢さんと小間使いがさきに乗りました。だいぶたって輿がきて、ごきげんな連中を李《リー》ともどもこの旅館に送り届けたんです。待ち時間は五人とも主船室におみこしをすえ、宿酔のおつむをかかえてました。でも、博士ひとりはわりにぴんぴんして浮き桟橋を歩き回ってました。骨董屋のほうはだれも見かけてませんが」

「例の蟹やんと小蝦どんのでっちあげかもしれんな、温《ウエン》をおとしめるための」判事がさらりといなした。

「かもしれません。でも、かぼちゃ畑はでっちあげじゃありませんでしたよ。河霧がちょっとあったんですが、動き回る蟹やんと小蝦どんが見えました。小蝦どんのほうは何してんだか、あの小さい体でめちゃくちゃにはね回るんです。そういや、あの業病の乞食も見かけました。あそこに立って河舟をどなってましたよ。渡してくれっていうのに断わったって。あんな哀れな乞食なのに、口のききようはしんからお偉方みたいなんです。しまいに銀一粒出したのに、金より命あってのものだねだって船頭に言われて。ぷんぷん怒って行っちまいました」

「気の毒な境遇だが、金には困っとらんらしい」判事が評する。「ゆうべ銅銭をやったが、受け取らなかった」

　ごついあごをひとしきりさすると馬栄《マーロン》が続けた。

「ゆうべの話に戻りますが、閣下、たまたま銀仙て妓女に会いまして。その妓の話では、白鶴楼で閣下にお会いしたそうです」うなずく狄《ディー》判事に、稽古場で女を見つけたいきさつや、秋月のあとで温元《ウエンユアン》が折檻を加えたしだいを話した。

「秋月があの汚らわしい骨董商にあらかじめ知らせて、やつの好きにさせたのだな！」狄《ディー》判事が怒る。「宴席に戻って耳打ちするところを見た。酷薄な性悪女だ」口ひげをひっぱってさらに続けた。「とまれ、花魁の腕のかき傷はこうして謎が解けた。その妓が無事に夜明かしできるように手配してやったか？」

「むろんです、ある後家さんのうちに連れて行きました。妓とは古なじみだそうで」そういう自分はどこで過ごしたかと訊かれるまえに大急ぎで、「銀仙の歌の師匠は凌《リン》さんといいます。ふたりをひきあわせた蟹やんによると、もと妓女だそうで。今じゃ病気のばあさんですが、三十年前は名の知れた美人だったとか。陶番徳《タオパンテー》の父親の自殺について、もっと詳しく調べたいとお思いでしたら、凌《リン》さんが知ってます」

「よくやってくれた、馬栄《マーロン》。あの古い自殺についてはなにぶん昔のことだが、ほかならぬこの紅堂楼《こうどうろう》で起きている。この怪事件に関するどんなささいな情報でもありがたい。凌《リン》さんはどこでみつかる？」

「どこか蟹やんちの近辺です、訊いときます」

狄《ディー》判事はうなずいた。馬栄《マーロン》に言って緑錦の官服を出させ、馮《フェン》の屋敷に行くから輿を手配して待たせておけと宿のあるじに命じた。

馬栄《マーロン》のほうは鼻歌まじりで帳場へと向かう。あの部屋を出たとき銀仙はまだ寝ていたが、寝顔さえ愛らしかった。正午にまた会えるといいが。「笑っちゃうよな、おれとしたことが」とつぶやく。「口をきいただけでこのざまだ。当然か、故郷《くに》の女だもんな！」

8

白眉の才子を惜しみつつ
白衣の秀才を問いただす

輿をおりると目抜き通りの北で、狄《ディー》判事と馬栄《マーロン》の正面に立派な廟があった。高い朱柱がそびえる大理石の重厚な玄関は、昨日の到着そうそう通りすがりに目をひかれた。

「ご本尊はどなたか？」輿丁頭《こしかつぎがしら》にたずねる。

「財神さまでさ、閣下！　賭場で運試しの前に、島のお客さんはみんなここへお詣りしてお香を焚くんです」

馮戴《フエンダイ》の屋敷はその向かいだった。まばゆい白塗りの高塀に囲われた広大な敷地だ。白大理石の甃《いしだたみ》をしきつめた前院子に馮《フエン》が出迎える。院子のさきに、木彫りに銅葺き屋根の大きな二階建て門楼が、朝日のもとに威容をあらわす。

馮《フエン》が内輪でくつろぐときの書斎に通されている間に、馬栄《マーロン》のほうは執事の案内で東棟の里正役所に行き、開廷の準備万端を確かめることになった。

あるじみずから先に立って贅沢な調度の大きな部屋に入り、古雅な黒檀彫り茶卓の席を鄭重にすすめる。判事は香り高いお茶をすすり、向かいの壁面を占める本棚に興味の目を向けた。ところせましと本が並び、紙のしおりでふくらんだ本もある。その視線を追った馮《フエン》が苦笑まじりに謙遜する。

「手前自身にさしたる学はございません、閣下！　そちらはずいぶん以前に買った本でして、おもに書斎らしい体裁を整えるためでございました！　実のところ、こちらはもっぱら接客の用にあてております。ですが、友人の陶番徳《タオパンテー》は史書と経書に関心がございますので、ちょくちょく調べものに寄ります。それに娘の玉環も本を読みに出入りしております。いささか詩作の心得がございまして、読むほうも大好きなので」

「では、詩人の賈玉波《チアユウボウ》とはいわゆる〝詩文同堂の宿縁〟、まことに好一対であろう」狄《ディー》判事が笑顔で述べる。「あの若者は賭場でずいぶん負けたそうだが、さぞ裕福な家の子弟でしょうな」

「いえ、それが。実のところはあれで文無しになったのです。ですが、この場合は災い転じて福となりました！　都への路銀を融通してくれと頼みに参ったところを、うちの娘がたまたま見初めまして。願ってもないことです。じきに十九歳というのに、これまで縁談にはいっさい耳を貸しませんでしたので。それで何度か賈《チア》をうちに呼び、娘にも会わせました。すると、先方もすこぶる乗り気らしいと陶番徳《タオバンテー》が教えてくれまして、媒人《なこうど》の労をとって話をまとめてくれました。財政面で申しますと、まがりなりにも手前は裕福といわれる身、しかも目に入れても痛くないひとり娘のことでございます。婿の賈《チア》にすねをかじられましても、少々のことではびくともいたしません！」間を置いた。せきばらいをして、ややためらったすえ遠慮がちにたずねる。「花魁のむざんな最期について、閣下にはもうご見解がおありでしょうか？」

「事実がすべて判明するまで、これといった見解は持たんようにしておる」判事がいなした。「まずは検死結果を聞いてからにしよう。あの女がもとで自殺した男、李璉《リーリエン》博士についても、もっと知っておきたい。生前の人となりを話してくれ！」

思案のおももちで馮《フェン》が長い頰ひげをしごく。

「お会いしたのは一度きりです」重い口ぶりで答える。「十九日のことでございました。うちとご自分の舟を巻き込んだ衝突の損害賠償の件でおみえになりました。美青年ですが高慢なかたで、ご自分の地位立場をたいそう鼻にかけておいでのようでした。不問にいたしました、父親の李魏挺《リーウエイジン》進士とは昔なじみですので。あれこそ、若いうちから筋の通った立派な人物でした！　容姿端正、身体壮健、才気煥発、それでいてすこぶる世故にもたけておいででた。いまは昔のことですが、都への行きと帰りにこの島に滞在し、妓女はこぞってなびきました。ですが目先のきく人物で！　諫議に推挙されるには、一点非のうちどころない行状を固持するべしと心得ておられましたのですよ。去るにあたって、こう申してはなんですが、泣いた女は一人二人じゃききませんでしたね！　それで、閣下はご存知でしょうが、二十五年前さる高官の娘をめとり、諫議大夫に任ぜられました。六年前に引退なさって、ここの北の山地にある代々の屋敷に落ち着きました。あいにくなことにご一家はある財政上の不運に遭いまして、なんでも凶作と投資の失敗によるとか。ですが、地代のあがりだけでもまだまだ相当な収入のはずでございます」

「李《リー》進士にはお会いしたことはない」と判事。「だが有能な官吏であられたとか。お体をそこねて余儀なく引退されたのが惜しまれるな。どんなご病気だったのか？」

「それが、存じません。ですが、ご重病に違いありません。もう一年近くというもの、お屋敷にこもりきりと伺っております。昨晩申し上げましたように、それで叔父さまが代理でなきがらをお迎えに来られたのでございます」

「こう申す者もおる」狄《ディー》判事がまた、「博士は女がもとで自殺するような輩ではなかった、と」

「女がもとでしたら、ないでしょうな」馮《フェン》が意味深に笑う。「ですが、ご自身がもとでしたら！　閣下に申し上げましたように、とてつもなくうぬぼれの強いお方でございました。花魁にふられた噂が州全体に広まるというので、面目を失い、死に至ったのだと存じます」

「その点はそうかもしれん」と認める。「ところでその叔父だが、遺骸とともに博士の書類もすべて持ち帰ったのか？」

馮《フェン》が額に片手をぴしゃりとうちつけた。

「それで思い出しました！」声をあげる。「ほとけの卓上にあった文書を渡し忘れておりました」立って机のひきだしから茶色の紙包みを出した。狄《ディー》判事が封を開け、ざっと目を通す。しばらくして顔をあげ、こう述べた。

「博士はきちょうめんなたちだったのだな。滞在中の費用《かかり》はきちんと書きとめてある、妓女と寝たぶんにいたるまで。ここに出てくる名は翠華《すいか》、石竹《せきちく》、牡丹《ぼうたん》だな」

「いずれも上品《じょうほん》の妓たちです」と馮《フエン》。

「その三人の勘定は二十五日にすませている。だが、秋月はどこにもみあたらない」

「もっぱら宴席のほうに出ておりましたので」馮《フエン》がいう。

「そちらの勘定は常に料亭につきます。ええ、その……もっと親密な方面につきましては、秋月のように極品《ごくほん》の場合、お客さまが別れぎわに贈り物をいたします。そうやって、その……なんと申しますか……おつきあいの営業のほうに色をつけていただくわけで」馮《フエン》には愉快な話題ではないようで、明らかに、こういう商売上のむきつけな話題は沽券にかかわるらしい。判事の前の書類からさっと一枚選んで、こう続けた。「こちらは博士の筆跡で、死ぬ前に花魁のことが頭を占めていたようすがうかがえます。それであの女を呼び出したところ、自ら申し立てたのです、身請けの申し出をお断わりしたと」

狄《ディー》判事はその紙をつくづくと眺めた。どうやら、はじめに博士は一筆書きできれいな円を書こうとしたらしい。さらにもう一度試み、下に続けて「秋月」と三度書いていた。その紙を袖にしまって腰を上げた。

「では、これより法廷に参るとしよう」

里正役所は屋敷の東翼全体を占めている。馮《フエン》の案内で、書記四名がせっせと筆を動かす公文書庫をぬけ、天井の高い大広間に出た。朱柱が林立する正面は、手入れの行き届いた花壇へ開けている。六人の男が立って控えていた。陶番徳《タオバンテー》、骨董商の温　元《ウエンユアン》、詩人の賈玉波《チアユウボウ》がいる。他の三人は見覚えのない顔だ。

一同の礼に応じたのち、台の奥の高椅子につく。辛辣な目で、この法廷のぜいたくな調度品を眺めまわす。台は金糸でぬいとりした高価な紅錦で覆われ、上に出ている文房具はどれも値うちものの骨董だ。彫りの美しい硯、琅玕《ろうかん》の文鎮、白檀の印箱、牙軸の筆。政庁の備品より好事家の書斎向きだ。床は彩磚《タイル》、金と青で雲波文を描いた重厚な屏風が奥壁に立ちはだかる。お上が税金を浪費していないと民草に示すため、公の役所はなるべく簡素たるべしというのが狄《ディー》判事の信条だ。だが明らかに、楽園島においては役所さえ莫大な財力を誇示しなくてはならんらしい。

馮戴《フェンダイ》と馬栄《マーロン》はそれぞれ台の両端に立った。脇壁ぎわのやや低い机に記録役の書記がつき、知らない顔のうち二人が左右に分かれて台の手前に控えた。二人の持つ竹の長竿《ながざお》をみれば、里正の特務巡査であると知れる。

すでに準備してあった書類に判事はひととおり目を通し、驚堂木を鳴らして述べた。

「金華《チンファ》政庁代理たる本官が開廷を宣する。まずは李璉《リーリエン》博士の事件を吟味する。本官の前に羅《ルオ》知事閣下の起草になる博士の死亡証明書があり、それによると、今年の楽園島花魁たる妓女秋月への報われない恋がもとで、二十五日に自ら命を絶ったとある。さらに添付の検死報告書によると、自身の小刀で右頸動脈を絶って自害した。故人の顔と前膊部《ぜんはくぶ》に薄いかき傷が認められる。外傷はないが首の両側にそれぞれ腫れものがあり、原因不明である」判事が顔をあげていった。「検死官は前にでるように。その腫れものについて詳しい説明が聞きたい」

あごひげをとがらせた年かさの男が台に近づいた。ひざまずいて述べ始める。

「つつしんで申し上げます。手前はこの島で薬屋を営みおるかたわら、本法廷の検死官も勤めております。博士の死体に発見されましたその腫れものの箇所につきまして申し上げますと、首脇の両耳下にそれぞれございました。大きさは碁石大でございます。肌色は変わらず、穴も刺しあとも見当たりませんので、体内になんらかの原因があるに相違ございません」

「わかった」狄《ディー》判事がいう。「二、三の点を確かめ、しかるのち正式にこの自殺事件の書類手続きを行なう」驚堂木を鳴らす。「第二に、本法廷は紅堂楼で昨夜起きた妓女秋月の死について考慮せねばならん。これより検死結果を聴取する」

「申し上げます」検死官がまた発言する。「秋月と呼ばれておりました袁《ユアン》鳳《フエン》の遺体を夜半に検死いたしました。死因は心臓発作、おそらくは日頃の深酒が原因と思われます」

判事が両眉をつりあげ、短く、

「さらに説明を加えよ」

「故人はこのふた月の間に二度ほど相談に参りまして、閣下、めまいがして動悸が打つと申しておりました。疲れがたまっておりましたので緩和剤を処方し、深酒をひかえて養生を心がけるよう助言いたしました。役所にも妓楼同業組合にも、そのむねお伝えしてございます。しかしながら、故人はその折に処方いたしました薬を飲まず、生活態度を一向に改めなかったと聞いております」

「お医者のいいつけを守るようにと、手前は口をすっぱくして申しました、閣下」馮《フエン》があわてて述べる。「常日頃より妓女どもにはくれぐれもお医者のいいつけをよく守るように申しております、それが本人だけでなく手前どものためでもございますので。ですが、いっこうに聞く耳を持ちませんで、なにせ花魁ともなりますと……」

狄《ディー》判事がうなずく。「話をつづけよ！」と検死官に命じた。

「のどの青あざと両腕のかき傷を別にすれば、遺体に暴力の痕跡はございません。故人が昨夜したたかに飲んでいたとの情報にかんがみ、結論に達しましてございます。すなわち、横になって寝ているさなか、急に胸苦しさが襲いました。寝台からとびおり、もがき苦しむあまりにのどを両手でつかみました。そののち床に倒れこみ、断末魔の苦しみに絨毯をかきむしりました、その証拠に紅いけばが爪についております。以上の事実に基づきまして、閣下、心臓発作による急死との結論に達しましてございます」

判事の合図で、書記が検死官の供述筆記を読み上げた。それに爪印を押したうえで検死官をさがらせ、馮《フエン》にたずねる。

「あの妓の前歴を何か知っているか？」

馮戴《フェンダイ》は袖から書類の束をだして答えた。

「けさ早くに、うちの検番《けんばん》から、あの女の書類一式を取り寄せましてございます」書類を見て続ける。「もとは都の小役人の娘で、父親の負債のかたに酒場に売られました。りこうで素養もあったので、酒場の酌婦ふぜいに甘んじるのを自らよしとしなくなったため、抱え主は黄金二錠で女衒に売り飛ばしました。この島に連れてこられ、うちの目利き役どもが歌舞の腕前を見たうえで、黄金三錠で買い入れました。それがおよそ二年前のことでございます。当地を通る名士大家とすぐに交際をはじめ、ほどなく頭角をあらわしました。四カ月前、今年の花魁娘子を選考する花案《かあん》で、満場一致で推されました。いかなる筋から苦情が出たこともなく、もめごとにかかわったことも一度もございません」

「けっこう」と狄《ディー》判事。「近親者に使いをやって、埋葬のために遺骸をひきとらせるがいい。こんどは、骨董商温《ウエン》元《ユアン》の証言を聞かせてもらおう」

温《ウエン》が狼狽して判事を見た。台前にひざまずくや、狄《ディー》判事が命じる。

「白鶴楼の宴席を出てからの行動を述べよ！」

「手前は早めに宴席をおいとましました、閣下、さる上得意と約束がございましたので。実を申せば、ある値打ちものの古画購入に関する商談でございました。料亭から出てその足で、まっすぐうちの骨董店に向かいました」

「その上得意とは誰か、それにどれほどの時間をともにしたのか？」

「黄《フワン》仲買人でございます、閣下、いまはこの通りぞいの二軒めの旅館に泊まっております。ですが、待ちぼうけをくらいました。ついいましがた、こちらへうかがう途中で寄りましたところ、約束はゆうべでなく今夜だったと言って譲りません。二日前に話したときに、勘違いさせてしまったに違いございません」

「そうだな」狄《ディー》判事が言う。書記に合図して温《ウエン》の供述を読

賈玉波《チアユウボウ》秀才を尋問する

み上げさせる。骨董商が内容に相違なしと認めたうえで爪印をおした。さがるよう命じたあと、判事は賈玉波《チアユウボウ》を台前に呼び出した。述べていわく、

「賈玉波《チアユウボウ》秀才、これより宴席後の行動を述べよ」

「私めは」賈《チア》が述べ始める。「つつしんで申し上げます。気分がすぐれず、早めに宴席をおいとましました。料亭の手洗いに参るつもりが、うっかり妓女の控え室に出てしまいました。給仕に手洗いへの道順をたずね、その後に料亭を出て徒歩で園内に向かい、真夜中の刻限ごろまで散策いたしました。それでだいぶ気分がよくなり、宿にひきあげましてございます」

「いまのを記録しておくように」狄《ディー》判事が言う。書記の手になる供述書に詩人が爪印をおすと、判事は驚堂木を鳴らして宣言した。

「妓女秋月の死亡事件は、追って沙汰するまで保留とする」

それで閉廷とした。席をたつまえに身を乗り出し、馬栄《マーロン》に耳打ちする。

「黄《フワン》仲買人に会ってこい。その後に白鶴楼と賈《チア》の宿までひとっ走りして供述の裏をとれ。復命はこちらで行なうように」馮戴《フエンダイ》のほうを向いて言う。「陶《タオ》さんと内々で話がしたいのだが。ふたりきりで話せる部屋に連れていってもらえまいか？」

「かしこまりました！　庭のあずまやに閣下をご案内申し上げましょう。奥の女棟から目と鼻のさきの裏庭にございまして、外部の者が参る気遣いはございませんので」しばし言いよどみ、はためにも遠慮がちにことばを継いだ。

「あの、お許しいただければ、こう申し上げるのもなんでございますが、閣下が二件とも保留扱いとお決めになりました理由がどうもいまひとつのみこめませんで。単純な自殺事件に、心臓の不具合による死亡事件でございましょう……手前はてっきり……」

「ああ」判事がことばを濁す。「ふたつとも、いますこし背景が判明した上でと思ったまでだ。いうなれば念のため

だな」

9

悲恋に散りにし才子佳人
世代を越えて因果は廻《めぐ》る

そのあずまやは広い花壇の奥に建ち、四囲に立ちはだかる夾竹桃の植え込みになかば埋もれていた。狄《ディー》判事は梅花図を華やかに描いた高い屏風を背にした肘掛け椅子に座った。陶番徳《タオパンテー》には、馮《フエン》の執事が茶菓を置いていった小さな円卓の席をすすめる。

敷地内でも他とへだたったこの場所はとても静かだった。白い夾竹桃をものうく舞う蜂の羽音がするだけだ。

陶番徳《タオパンテー》は判事が話を始めるまで、つつしんで控えていた。お茶でのどを湿したところで、狄《ディー》判事は気さくに話しかけた。

「陶《タオ》さんは文才で知られた方だそうだが。ご本業の酒商や家政をとりしきるかたわら、よく時間がおありですな？」

「さいわい家業のほうは経験を積んだ信用のおける者がおりますので、閣下。酒店と料亭の日常業務はすべてそのものたちに任せております。それに、まだ妻を迎えたことがございませんので、家政と申しましてもいたって簡単なものでございます」

「さしつかえなければじかに本題に入らせていただこう、陶《タオ》さん。むろんくれぐれも極秘で、ひとつ申し上げておきたい。博士と花魁のふたりとも殺人ではないかとの疑いがある」

こう言いながら陶《タオ》の表情を間近で見守ったが、酒商の顔には毛筋ほどのそよぎも見られない。おちついた口ぶりで、

「では、いずれの場合も外からは誰も入れなかったという事実を、閣下はどうご説明なさいますか？」

「説明はつかん！　だが、腑《ふ》に落ちんことなら他にもある。博士がたてつづけに五晩も女をとっかえひっかえしておきながら、まったく唐突に、花魁に振られたら死ぬほど思いつめるとは！　それに花魁が自分で喉首をつかんだのなら、長い爪跡がないのも腑に落ちん。このふたつの事件には、見た目以上の何かがあるのだ、陶《タオ》さん」陶《タオ》が深くうなずくと、判事がまた「推理といっても、いまはまだ漠たるものにすぎん。だが思うに、お父上の自殺はやはり同じ紅堂楼《こうどうろう》で、博士とほぼ同じ状況であったというから、手がかりを与えてくれるかもしれん。この話題を持ち出すのはさだめしおつらいだろうと、重々承知してはいるが……」と、ことばじりをにごす。

陶番徳《タオパンテー》は答えず、じっと考え込んだ。ようやく心の踏ん切りがついたらしい。目を上げて静かな声で、

「父は自殺ではございません、閣下。殺されたのです。それを知っていることが、手前の一生に暗い影を落としてまいりました。卑劣な下手人を首尾よく探り当てて白日のもとにお裁きを受けさせない限り、この影は消えません。子

たるもの、父の仇は不倶戴天の敵でございます」

言葉を切り、まっすぐ判事を見て続けた。「ことが起きたとき、手前はまだ十歳の子どもでした。でも、続く年月のあいだに何度も何度もなぞっておりますので、細かな点まではっきり思い出せます。父はひとりっ子の手前をずいぶんかわいがり、自ら手をとって読み書きを教えてくれました。その運命の午後は、父の手ほどきで史書をひもといておりました。夕方にさしかかるころ、父に使いが参りまして、読むなり、これからすぐ永楽館の紅堂楼《こうどうろう》に行かなくてはと私に申しました。でかけたあとで、それまで読んでもらっていた史書を手に取ったところ、父の扇が出てきました。お気に入りの扇だと知っておりましたので、渡してあげようとおもてに走り出ました。それまであの旅館に入ったことはなかったのですが、あるじのほうが顔を知っていて、まっすぐ紅堂楼《こうどうろう》に通るようにと申してくれました。

扉が開きかかっていたので、入って紅の間を見ました。右手に寝台、その手前の肘掛け椅子に沈み込むように、父が倒れていました。目のすみに、紅の長衣を着て左すみに立つべつの人物がうつりました。ですが、父の胸もとにべっとりと広がった血に目を奪われて恐怖のあまり口もきけず、そちらに注意を向けるどころではありませんでした。かけよってみると、父は死んでいました。小さな小刀が左ののど首に刺さっていました。恐怖と悲しみで半狂乱になって向き直り、さっきの人物に何が起きたかたずねようとしましたが、もう姿がありませんでした。だれか呼びに行こうと走り出たのですが、廊下でつまずいて、壁か柱で頭を打ったにちがいありません。気がつくと自分の寝台に寝かされており、我が家が夏を過ごす山荘におりました。女中がいうには手前の具合がずっと悪かったので、痘瘡の流行が島で勢いを増したこともあって、母の命で一家ぐるみで山荘に移ったということでした。さらに、父は長い旅に出たとも聞かされました。それで、あれはすべて悪い夢だったのだと思いました。でも、あの恐ろしい場面は細部にいたるまで、記憶に焼きついて消えませんでした」

手さぐりで茶を求めて一気に飲み干し、また話を続けた。

「父が紅の間に鍵をかけて閉じこもり、自殺したと聞かされたのは、のちに大きくなってからです。ですが手前はすぐ悟りました、父は殺されたのだと。そして、下手人が卑劣な行為を犯したまさにその時、姿を見たのだと。手前がおもてにかけだしたあと、下手人は鍵をかけて逃れ去ったのです。鍵はあの窓の鉄格子から投げ入れたに違いありません、扉の内側の床に落ちていたと聞きましたので」

陶《タオ》が太い息をつく。片手で目をおおい、疲れた声で口を開いた。

「それから、いやが上にも慎重を期して、事件を調べ始めました。まず、その事件に関する公的記録はすべてなくなっておりました。当時の金華《チンファ》県知事さまは賢明で精励恪勤なさっておられ、またたくまに瘡瘡が広がった元凶は妓館にありとつとに見抜いておられました。妓女をすべて立ち退かせたあと、坊をまるごと焼き払われました。里正役所も燃え、なかにあった文書もすべて炎の中に消えました。

しかしながら、父が花魁に選ばれたばかりの琅娘《ろうじょう》という妓女とねんごろであったと判明しました。ひとの話ではすばらしい美人でしたが、父の死後いくらもたたない数日後に、やはり病死したそうです。公式には、父の死は琅娘《ろうじょう》に振られたせいでの自殺となっております。病に倒れる直前に知事さまのお取調べを受けた席に出た者もおりまして、その者たちが口を揃えて請合いますには、妓女の申し立てでは父がなくなった前日に、他に思う人がいるからという理由で身請けの申し出を受けかねると告げたそうです。あいにく、知事さまはその男の名をお尋ねになりませんでした。なぜ自殺の場に紅の間を選んだのかとお尋ねになるにとどめ、それに答えて、よく逢引の場に使っていたからに違いないと妓女が申したのです。

下手人の動機は、正体をつきとめる手がかりになるかもしれないと思いました。琅娘《ろうじょう》の気をひこうとした男はほかにふたりいたそうです。当時二十四歳の馮戴《フェンダイ》と、当時三十五歳だった骨董商の温元《ウエンユアン》です。温《ウエン》はそれに先立つ八年前に妻帯しており、浮いたうわさはありませんでした。閨のつとめが果たせない体なのは周知のことで、そのかわりに女を痛めつける嗜癖の持ち主だと妓女の間にあまねく知れていました。琅娘《ろうじょう》にとりいろうとしたのは、世慣れた粋人ぶりを見せたかっただけのことです。残るは馮戴《フエンダイ》ですが、当時は独身の美青年で、しんから琅娘《ろうじょう》に惚れていました。いずれは正妻に迎える心積もりでいたそうです」

陶《タオ》がふっつりと黙り込んだ。花の茂みにうつろな目をすえる。狄《ディー》判事はなんの気なしにふと頭をめぐらせて屏風を見た。その奥でものがこすれる音がしたからだ。じっと耳をすませたが、気配がまたとだえた。おおかた枯葉の音だろう。そののち、陶《タオ》が大きな目に憂いの色をたたえてまた口を開く。

「父を殺したのは馮《フエン》だという、つかみどころのない漠たる風評もございます。馮《フエン》こそ琅娘《ろうじょう》の情人だ、紅の間で父と鉢合わせし、激しく争った末に殺してしまったのだと。温元《ウエンユアン》はずっと、それが真相だとほのめかしております。ですが、ならば証拠をときつく申しましたら、琅娘《ろうじょう》も承知の上だった、馮《フエン》をかばうために自殺説を裏づけたのだと申しただけでした。さらにこうも申しました。父が死んだ時に、紅堂楼《こうどうろう》裏の園内で馮《フエン》をこの目で見たと。つまり、すべての事実は馮《フエン》をさすように思えました。

この結論にどれだけ手前が打ちのめされたことか、とうてい言い表せません。馮《フエン》は父の親友であり、父の死後は母がもっとも頼りにした相談相手でした。母が死に、手前がひとりだちする年頃になると、父の仕事を続けていく手助けをしてくれました。手前にとっては常に第二の父というべき人でした。その人が下手人であり、遺族に対するこれまでの心づくしはただの罪滅ぼしにすぎなかったのでしょうか？　さもなければ、馮《フエン》を目の敵にする温元《ウエンユアン》がしつこく蒸し返しつづけたうわさは根も葉もない悪意ある中傷にすぎなかったのでしょうか？　それからの年月ずっと、心は千々に引き裂かれております。馮《フエン》とはどうしても毎日のように顔を合わせます。むろん、内心の恐ろしい疑念の

「ことはけぶりも見せておりません。でも、一挙一動、ことばのはしばしに、父を殺した裏づけがないかと、常に目を光らせております。こんなことが……」

声が割れ、顔を両手にうずめた。

狄《ディー》判事はずっと黙っていた。またあのかすかな音が聞こえたような気がする。こんどはきぬずれの音とそっくりだった。一心に耳をすます。しんと静まり返ると、重々しく言った。

「これだけ包み隠さず、よく話してくださった、陶《タオ》さん。自殺とされる博士の事件と、まさに強い類似点がある。すべての関わりをこれから丹念に洗ってみるとしよう。さしあたって、細かい点をいくつか確かめておく。そもそも、一件を裁いた知事はなぜ、自殺としたのか？　賢明で仕事熱心な役人だったそうだが。のちにあなたが知ったように、部屋には鍵がかかっていたけれども、その鍵は窓越しに投げ込むか、扉の下から滑り込ませることだってできたはずだと、まちがいなくわかっていたはずだが？」

陶《タオ》が目を上げる。物憂げに答えた。

「おりから、ちょうどそのころ疱瘡が流行して知事さまの手がふさがっておられたのです。人がばたばた死に、路傍に死骸が山をなしておりました。父と琅娘《ろうじょう》の仲は有名でしたし、その申し立てを聞いて、すんなり納得のいく答えだと思われたのは想像にかたくありません」

「あの子ども時代のおそろしい経験を述べたとき」と判事がまた話す。「こう言われたな、紅の間に入ったとき、寝台は右手にあったと。だが、現在では左手の壁際になっている。たしかに右だったか？」

「それはもう！　あの光景が目の前から消えたことは片時もございません。あとから、旅館のほうで家具を動かしたかもしれませんが」

「調べておこう。さて、これが最後の質問だ。その紅衣の人物を一瞥しただけだが、せめて男女いずれか見分けはついただろうな？」

陶《タオ》が絶望的に首をふった。

「つきませんでした、閣下。記憶にあるのはどちらかというと背が高かったことと、紅い衣を着ていたことぐらいです。だれかそういう身なりの人物がその時、永楽館付近にいなかったか確かめようとしたのですが、徒労に終わりました」

「紅を着る男はまずめったにいない」判事が考え考え述べる。「それに、かたぎの若い女が紅を着るおりは一生に一度婚礼のときだ。つまり、あの部屋にいた第三の人物は妓女ということになるだろうな」

「手前もそう思いました！　あらゆる手をつくして、琅娘《ろうじょう》が紅を着ることがあったか調べてみました。でも、だれも見たことがありません。名前にちなんで琅玕《ろうかん》の翡翠色を好んで着ておりましたので」

陶《タオ》が黙り込む。短い口ひげをひっぱってから続けた。

「手前はだいぶ前にこの島を去っていたでしょう、この謎が解けない限り、どこにも安息はないとわかっていなければ。また、父の興した商売を続けることで、子としてせめてものつとめをはたしている気分にもなれたのです。ですが、ここでの生活が耐えがたくなりました。馮《フェン》はあいかわらずとてもよくしてくれますし、それにひとり……」ふいにことばがとぎれた。ちらと判事の顔を見て続ける。「これで、手前の文学趣味がなんら誇れたものではないとおわかりいただけましたでしょう。ただの逃避にすぎません。心の動揺を招く現実、しばしば恐怖にもなる現実からの逃避です……」

目をそらせ、見苦しく取り乱すまいとはためにも苦心していた。話題を変えようと、狄《ディー》判事がたずねる。

「いまの花魁だった秋月を殺したいほど深く憎んでいそうな者に、誰か心当たりがあるか？」

陶《タオ》がかぶりをふる。こう答えた。

「ここでのさかんな夜のつきあいは手前のあずかり知らぬものですし、花魁と顔をあわせるおりは公の席のみでした。あさはかで移り気な女という印象を受けましたが、妓女というのはえてしてそういうものですし、さもなければ浮草稼業に身を沈めた結果、そのように染まってしまうものです。売れっ妓でしたので、毎夜のように宴席をかけもちしておりました。聞いた話によりますと、数ヵ月前に選ばれて花魁になる前は、あまりやかましいことは言わなかったようです。ですが、その後は地位や財力のある特定のなじみ客しか相手にしなくなり、それもしじゅう機嫌をとって意を迎えなくてはだめだったとか。手前の知る限りでは、どれも長続きするまでの関係にはいたらず、身請けの話が出たというのも聞いたことがありません。たぶん、あの辛辣な物言いでお客に二の足を踏ませたのでしょう。身請けしようと申し出られたのは博士がはじめてのようです。かりに誰かに憎まれていたとしても、原因はずっと以前にさかのぼるにちがいありません。いずれにせよ、島に来る前のことです」

「なるほど。さて、これ以上おひきとめするつもりはない、陶《タオ》さん。私のほうはこのお茶を飲み終えるまで、ほんのわずかここにいる。馮《フェン》さんには、じきに役所のほうにいくからとお伝えいただきたい」

　陶《タオ》の耳に届かなくなるのを待ちかねて勢いよく席をたち、屏風の背後をのぞいた。そこに立っていた細身の娘が悲鳴を押し殺す。ろうばいして辺りを見回し、ついで身をひるがえして階段から裏手の茂みへと逃れようとした。判事がその片腕をとらえて引き戻す。うむをいわせぬ口調できびしく問いただす。

「何者だ、なぜ盗み聞きした？」

　唇をかみ、上目づかいに判事をにらみつける。ととのった理知的な顔立ちに、つぶらな瞳とすんなりした三日月眉がきわだつ。髪はひっつめにして襟首でまとめている。長衣は黒の紋織であっさりした仕立てながら、すんなりした姿のよさがことのほかひきたつ。身を飾るものといえば翡翠の耳飾り一対、それに、肩から長くひいた赤い披帛《スカーフ》だけだった。判事の手をふりはらい、一気にまくしたてる。

「憎ったらしい卑劣漢の陶《タオ》め！　お父様の悪口を言うなんてよくもよくも！　許せないわ！」

庭のあずまやで

小さな足で床を踏みならす。

「おちつけ、馮《フェン》さん！」判事がそっけなく言う。「座ってお茶でも飲みなさい」

「いやよ、飲むもんですか！」とかみつく。「これだけはいっとくわ、これっきりよ。陶匡《タオクワン》の死とお父様はなんの関係もないわ。これっぽっちもないのよ、わかった？　あのくされ蟇蛙《ひきがえる》の老いぼれ骨董屋が何をほざこうが、関係ないものは関係ないわ。それと、陶《タオ》に言ってやって、こんりんざいあんたの顔なんか二度と見たくもないって！　それに、あたしは賈玉波《チアユウボウ》が好きなんだから、なるべく早く婚礼をあげるつもりだって、陶《タオ》だろうがほかの誰だろうが媒人《なこうど》なんかおことわりだって！　それだけよ！」

「また、次から次へとずいぶん注文をつけるものだ！」判事が穏やかに言う。「さだめしあの博士もその伝でずいぶんやりこめたのだろうな！」

背を向けかけていた娘が棒立ちになった。燃える眼で判事をにらみつけ、詰問する。

「何が言いたいの？」

「そうだな」と狄《ディー》判事がなだめるように「河での衝突は博士側の水夫に非があるし、そのせいでまるひと晩、帰宅が遅れたのだったな？　どうやら引っ込み思案で困ることもなさそうだから、遠慮せずにはっきり思ったままを言ってやったのだろう」

ぐいと頭をのけぞらせ、軽蔑したように、

「まったく、見当違いもいいところよ！　李《リー》様はたしなみのある方らしくちゃんとお詫びなさったわ、あたしもお受けしました！」

いちもくさんに正面階段をかけおり、花咲く夾竹桃の茂みに消えた。

10

馬栄《マーロン》はふたりの客を迎え
判事は証人を問いつめる

狄《ディー》判事は席に戻ってゆっくりとお茶を飲み干した。ここの人々のつながりはしだいに興味深さを増す一方だ。だが、問題解決の役にはあまり立たない。

ためいきをついて立ち上がり、ゆっくり歩いて里正役所に戻った。

馮戴《フェンダイ》はそこで待っていた、馬栄《マーロン》もいっしょだ。馮《フェン》にうやうやしく送られて輿に乗った。

輿の中で揺られながら、馬栄《マーロン》が言う。

「あの骨董屋のおやじ、むろんうそをついてたんです。宴のあとまっすぐ戻ったって法廷で言ったときに——それはもうわかってますよね。でも、供述の残りは多少の差はあれ一致してるんですよ、残念なことに！　仲買人の黄《フワン》はこう言ってました。たしかに温《ウエン》と約束があった。今晩だと思っていたんだが、けど今度は温《ウエン》がゆうべだったって言い張るもんで、自分の勘違いだったかもしれないと黄《フワン》は認めています。温《ウエン》のほうはそんなとこですね。賈玉波《チアユウボウ》ですが、まあいわばちょっと大まかですね、供述が。妓女の控え室で番をしてた鬼婆が言うには、うっかり入った感じはぜんぜんしなかったそうで。なんせ開口一番に、秋月と銀仙はいるか、ですからね。一緒に出てったって答えたら、そのまま一言も言わずに背を向け、血相変えてすっとんでいきました。賈《チア》の宿のおやじ——うちの旅館の隣にあるあの小さい宿ですよ——が玄関先に立ってたらたまたま賈《チア》を見かけた、夜中の一時間そこら前だったそうです。旅館に入ってくるものと思っていたら、そのまま歩いて旅館左の小道に折れました。その先は拝月亭です——いまは亡き花魁のね。

戻ってきたのは真夜中ごろだっておやじが言ってました」

「妙な話もあったものだ！」狄《ディー》判事が評する。それから、父が殺され、下手人は馮《フェン》ではないかという陶番徳《タオパンテー》の疑念を馬栄《マーロン》に話してきかせた。半信半疑で馬栄《マーロン》が大きな頭を横に振る。

「全部よりわけるにゃ、しばらくかかるでしょうね！」と言う。

判事は答えず、あとは到着までずっと考え込んでいた。

永楽館の玄関先で輿を降り、帳場に入ると、でっぷり肥ったあるじが馬栄《マーロン》に近づいて、いかにも自信なさそうに、

「おふたりの、その……だんながたがお話があるそうです、馬《マー》さま。台所のほうでお待ちです。なんでも、咸魚《しおざかな》のことだそうで」

馬栄《マーロン》はしばしあっけにとられていた。ついで、いきなりにやりとする。判事に尋ねた。

「行って、そのたっての話ってのを聞いてきていいですか、閣下？」

「ああ、いいとも。私のほうはここのあるじに確かめたいことがある。すんだら紅堂楼に来い」

狄《ディー》判事が宿のあるじを手招きしているまに、給仕が台所に馬栄《マーロン》を案内した。

肌脱ぎになって筋肉の盛り上がりを見せた料理番が二人、険しい顔で蟹やんをにらんでいた。いちばん大きなかまどの前に蟹やんが立ち、片手に平鍋をかまえる。小蝦どんと下働きの男の子四人が、じゅうぶんな距離をあけて見物していた。大男のほうは大きな鰈《かれい》を宙高く投げ上げ、きれいに裏返して鍋のど真ん中で受けた。

とびでた蟹目で料理人ふたりを見ながら重々しく、

「これで、正しいやりかたはわかったな。手首の返しだ。今度はおまえだ、小蝦どん！」

せむしの小男はかっかとしながら進み出て、蟹やんから鍋をとった。魚を投げ上げる。鍋に落ちた魚は、縁から半分はみ出ていた。

「またねじれた！」

蟹やんがとがめる。「肘を使うからねじれんだよ、手首の返しを利かせにゃだめだ」馬栄《マーロン》に気づいて、開け放しの台所口へ頭を倒す。小蝦どんにはさらに、「続けろ、もっぺんやれ」それから馬栄《マーロン》をひっぱっておもてに出た。

荒れた脇庭の片隅にふたりで立ち、だみ声をひそめる。

「おいらと小蝦どんはここいらに用があってな、賭場にいかさま野郎がいたんだ。例の骨董屋の面《つら》ぁ見たいかい、馬《マー》さん？」

「ごめんこうむるね！　あのけたくそ悪い面なら、けさがたもう見ちまった。むこう二年はまにあってるよ！」

「こんどはちょいと考えてみようぜ。なに、話を続けたいだけだ」蟹やんが無表情に続ける。「おたくの親分が会いたがってたと考えてみよう。それなら急がんとな。聞いた話じゃ、今晩、温《ウエン》はまちを出るらしいからよ。行き先は都だ。骨董品の買い付けだって言ってるが、おれは絶対にうけあわねえ。こいつは内輪の情報提供ってやつだと思ってくんな」

「教えてくれてありがとよ！　こいつはおまえさんに話してもかまわねえが、こうなったらあの老いぼれ山羊と手を切るわけにはいかん。遠出なんざもってのほかだ！」

「そいつはおれも考えてた」蟹やんがあっさり言う。「さてと、台所へ戻らにゃ。小蝦どんは練習不足だぜ、ひでえもんだ。じゃな」

馬栄《マーロン》は植え込みをぬけて紅堂楼の藤棚に出た。判事の姿がなかったので、大きな肘掛け椅子に座り、両足を欄干に載せて満足げに目を閉じた。銀仙の魅力のあれこれを楽しく目前に浮かべようとする。

そのころ、狄《ディー》判事は昔の紅堂楼について、宿のあるじに聞き込みをしていた。

驚いたあるじが頭をかく。

「存じます限りでは」のろのろ答える。「紅堂楼は、手前がこの旅館を買い取りました十五年前とまったく同じでして。ですが、もしや閣下がどこかもようがえをお望みでしたら、もちろん……」

「それ以前を知る者は誰かおらんのか？」判事がさえぎる。

「たとえば三十年ほど前は？」

「いまの門番の老父だけだと存じます。十年前、せがれに役目を譲りまして、と申しますのも……」

「その者のところに連れて行け！」狄《ディー》判事が一喝する。

とりとめない詫びごとを小声でごちゃごちゃ言いながら、あるじがさわがしい召使べやの並ぶ一画をぬけて、小さな庭へと案内する。まばらなあごひげをはやした枯木のような老人が、そこで木箱に腰かけて日向ぼっこをしていた。まばゆい緑錦の衣に目をしばたたいて腰を上げかけたが、判事がすかさず言った。

「そのまま、そのまま。おまえのように高齢の者が気がねすることはない。私はただ紅堂楼の昔について何か知りたいだけなのだ。古い家に興味があるのでな。紅の間の寝台が反対側に移動したのはいつだったか、覚えがあるか？」

白ひげの年寄りは薄い口ひげをひっぱった。かぶりを振り振り答える。

「いやいや、あの寝台を動かしたことは一度もございません。すくなくとも、手前がおります間はそうでございました。南の壁際ですから、入口から申せば左になります。そこが正しい位置でございまして。ずっとそこにございました、この十年はどうかわかりませんが。最近になってもようがえしたかもしれません。今日びは、やたらとあちこち変えてばかりおりますから」

「いや、まだあそこにある」判事がうけあった。「いま、あの部屋に泊まっているのだよ」

「上等のお部屋でございます」老人がつぶやく。「うちで一番上等でございます。それに今はあの藤がきっと花盛りでございましょう。あたしが自分で植えましたんでございます、二十五年にはなるはずです。あのころは庭師のまねごともいたしておりました。あの藤はこの手で園内のあずまやから持ってまいりました。ちょうど取り壊すところでございましたので。惜しゅうございましたねえ、昔かたぎの立派な大工仕事でしたが。代わりに高けりゃよかろうてんで、今出来の二階家なんぞおっ建ておって！　あすこの木立もその頃ので。おかげで藤棚の眺めはわやですよ。きれいな日没が見えたんですがねえ！　道観の塔が夕焼けにくっきりと映えましてねえ。それにやっぱり、あんな高く木が茂ってちゃ、紅堂楼に湿気がこもっちまいますよ」

「藤棚の真正面にぶあつい茂みがあるが」と狄《ディー》判事がいう。

「あれも植えたのか？」

「めっそうもない！　あんな藤棚の近くに茂みなんぞ植えちゃいけません。たえずきれいにしてないと蛇なんぞの毒虫が寄ってきます。あれは園丁どもが植えたんですよ、ばかにもほどがある！　あたしゃ、あすこでさそりを二匹つかまえました。園丁ってのはあの場所をきちんとしとくってことになってんですがね、まったくあのざまじゃね！日当たりのいい、ひらけた場所のほうが気持ちがいいですねえ。この関節炎になってからは特にそうですよ。急にこうなりましてね、せがれにもそう言ったんですが……」

「結構なことだ」判事が急いで話をひきとる。「その歳でそれだけかくしゃくとしておるとは。それに、せがれも孝行者だそうだな。さて、いろいろ参考になった！」

紅堂楼までは歩いて戻った。

藤棚に出ると馬栄《マーロン》があわてて飛び起き、温《ウェン》が旅に出るつもりだという蟹やんの話を報告した。

「むろん温《ウェン》は行かせん」判事がそっけなく言う。「偽証罪を犯したんだからな。やつの住まいをつきとめろ、今日の午後にでもいっしょにたずねていく。そうだな、まずは賈《チア》の宿に行って、あの若いのに今すぐここで会いたいと伝えてくれ。それから昼食に行ってよろしい。だが、一時間かそこらで戻るよう気をつけるんだぞ。用事が山ほどある」

狄《ディー》判事は欄干のそばに座った。長い頬髯をゆっくりなでながら、あの老門番が述べた話を陶番徳《タオパンテー》の話になんとかつなげようとする。若い詩人の到着で、こうした物思いから現実に引き戻された。

賈玉波《チアユウポウ》はびくびくもので、せわしなく判事の前でおじぎをした。

「もういい、かけなさい！」狄《ディー》判事がいらだつ。賈《チア》が竹椅子に腰をおろすと、おびえたその顔にじろじろと辛辣な目を向けた。しばらくしていきなり、

「賭博狂のようには見えんがな、賈《チア》さん。なんでまた、つきを試してみようという気になったのだ？　その結果ひどい目にあったというではないか」

若い詩人は恥じ入ったようすで、しばし口ごもったのちにこたえる。

「私はまことにつまらぬ人間でございます！　いささか詩ができるのを別にすれば、これといったとりえもございません。意志が弱く、いつもまわりに流されてしまいます。あのいまいましい賭場に入ったとたん、場の空気がのりうつり、それで……ひたすらやめられなくなったのです！自分ではどうしようもなく、それが唯一の道で……」

「だが、貢試にうかって官吏になるつもりがあるのだろう？」

「受験者名簿に名を載せたのは、友人ふたりにつられたというだけでございます。ふたりの熱意にひきずられたまでで！　官吏になる資質はないと、じゅうじゅう自覚はございます。ただひとつの望みは、どこか田舎で静かに暮らすことです。ささやかに読書や書き物をして……」言葉を切り、せわしなく動く自分の手に目を落とすと、悲しそうに続けた。「馮《フェン》さんには合わせる顔もありません。あれだけ期待してくださっているのに！　ほんとうによくしていただいて、ご自分の娘をめあわせたいとまで……そういうご好意のすべてが、その……重荷なのでございます！」

狄《ディー》判事は思った。この若いのはかけねなしに本気か、さもなければ神わざものの役者だ。さりげなくたずねる。

「けさ、法廷でなぜうそをついた？」

若者の顔が真っ赤になった。口ごもる。

「どう……どういうことでしょうか、閣下。わ、私は……」

「どういうことかというと、妓女の控え室には、うっかり入ったのではない。入るやいなや、あわただしく秋月の消

息をたずねたろう。その後、拝月亭への小道に入ったところを目撃されておる。ありていに申せ。あの女と恋仲だったのか？」

「あんな血も涙もない高慢ちきと？　滅相もございません！　あの女のどこがよくて銀仙があんなに慕うのか、さっぱりわかりません。どんなささいなことでも癇筋をたてて、銀仙やほかの妓たちに鞭をくらわせたり、あらんかぎりの手ひどい仕打ちをしょっちゅう受けておりますのに！　好きでやってるようにさえ見えました、むしずの走るようなやつです！　あの骨董屋の老いぼれの服に酒をこぼしたせいで、銀仙に罰をくらわすつもりがないか確かめたくて、それであとを追ったまでです。ですが、花魁の拝月亭を通りかかると灯の気がありませんでした。それでしばらく園内を歩き回って頭を冷やしたのです」

「わかった。さて、女中が昼飯を持ってきたので、もっと楽な服に着替えなくては」

ぼそぼそと言い訳しながら、前にもまして気落ちしたようすで詩人はあたふたと辞去した。

狄《ディー》判事はねずみ色の薄い長衣に着替えて食卓についた。だが、うわのそらで味もろくにしない。食後のお茶を飲み終えると立ち上がって、藤棚の下を大またに歩きはじめた。ふいに顔が明るくなる。立ち止まってつぶやいた。

「これこそ答えにちがいない！　そうなると、博士の死ががぜん違う様相を帯びてくるぞ！」

馬栄《マーロン》が藤棚に出てきた。狄《ディー》判事がきびきびと、

「かけるがいい！　三十年前、陶《タオ》の父の身に起きたことが判明したぞ！」

馬栄《マーロン》がどさりと腰をおろす。疲れてはいるがうれしそうだ。王《ワン》の後家のうちに行ってみると銀仙はだいぶ元気になっており、後家さんが昼飯のしたくをしてくれている間に、階上の屋根裏べやでは故郷の世間話よりだいぶましな進展があった。実のところ、そちらに気をとられるあまり、やっとふたりで階下におりたときには大急ぎで麺一杯をかっこむのがやっとだった。

「陶《タオ》の父はやはり殺されたのだ」判事が続ける。「ここの居間でな」

馬栄《マーロン》の頭が了解するまでしばらくかかった。ついで猛然と抗議する。

「でも陶番徳《タオパンテー》の話じゃ、死体があったのは紅の間のほうですよ、閣下!」

「陶番徳《タオパンテー》の勘違いだ。寝台は向かって右手の北壁にあったと述べていたので、それで気がついた。聞き込みをすると、紅の間の寝台位置はずっと今と同じ左手の南壁なのだ。だが、室内はどこも模様替えしてないとはいえ、三十年前は外のようすがまったく違う。いま、この露台の一部をさえぎる藤棚は当時まだなかったし、向かいにある園内の料亭や高い木立もなかった。この露台からの眺めをさえぎるものはなく、美しい夕焼けが見えた」

「でしょうね」と馬栄《マーロン》。銀仙はほんとにかわいい娘だぜ。それに、男心ってもんがわかってる。

「わからんか? あの子どもはここへ来たことがなかったが、紅堂楼《こうどうろう》という呼び名は寝室が紅ずくめなせいだと承知していた。居間に入ると、室内は夕焼けで紅に染まっていた! 居間を紅の間と思い込んでもふしぎはない――予期した通りの眺めだったのだからな!」

肩越しにふりむいて居間を見た馬栄《マーロン》が、木地の色を生かした白檀家具をじっと見つめる。重苦しくうなずいた。

「陶《タオ》の父は居間で殺された」狄《ディー》判事が続ける。「そこで息子は父の死体を見た、それにちらりとだが下手人を、白い下衣姿で――子どもが思ったような紅衣ではない。子どもがおもてにかけだすやいなや、下手人は紅の間に死体を移し、外から鍵をかけた。鍵は窓の鉄格子から投げ入れ、こうして自殺らしきおぜんだてが整った。おびえた子どもの言うことなど、だれも耳を傾けないだろうとふんでのしわざだな」間をおいてつづける。「下手人は白い下衣だったのだから、おそらくは妓女の琅娘《ろうじょう》と紅の間で逢っていたのだろう。恋敵の陶匡《タオクワン》にふいをつかれ、持っていた小刀で殺した。陶番徳《タオパンテー》の推理通り、父親は殺されたのだ。これで、博士の死にまったく違う角度から光が当たるぞ、馬栄《マーロン》。あれもやはり三十年前と同じ手口で自殺を装った殺人だ。博士は藤棚から人目につかず勝手に出入りできる居間で殺された。それから、書類その他をひっくるめて紅の間に移された。一度はうまくいったから、同じ手を使うのがよかろうと下手人は思ったのだ！　それが正体をつきとめる重要な手がかりになる！」

馬栄《マーロン》が深くうなずいた。

「つまり、めざす相手は馮戴《フエンダイ》か温　元《ウエンユアン》ってことですね。でも、ふたつの事件には大きな違いがひとつありますよ。博士が死んで見つかったとき、鍵は床に落ちてたんじゃなく、鍵穴にささってました！　投げたんじゃそうはいきません。一万年かかったって無理です！」

「かりに馮《フエン》が本当に犯人なら、その説明もつく」判事が考えながら言った。「いずれにせよ確かなのはだな、陶匡《タオクワン》と博士を殺したやつの正体がわかれば、花魁の身に起きたことも正確にわかるということだ」眉根を寄せてしばし記憶をたどったのちに、「そう、骨董屋に会う前に、銀仙と話したほうがよかろう。どこに行けば会えるか知っておるか？」

「白鶴楼うらの妓坊です、閣下。きょうはそっちに戻るそうで」

「よろしい。そこへ案内せよ！」

11

妓《おんな》は歌の師匠を打ち明け
骨董商はめっきがはげる

　午後まだ早かったので、妓坊はすこぶる活気があった。飛脚や商人がひっきりなしに玄関を出入りし、妓女たちは音曲の稽古に精を出し、いたるところで笛や阮咸《げんかん》や鼓の音があがる。

　馬栄《マーロン》が足を止めた玄関先は「上品《じょうほん》四番」の標識が出ていた。むっつり顔で応対に出たやりてに、お上の御用で銀仙に会いたいと述べる。やりては無言でせまい控え室に通すと、妓を呼びに行った。

　銀仙が入ってきて深く一礼した。判事の背後で馬栄《マーロン》が投げてよこした目配せには、つつしみ深く知らん顔をする。判事はやりてに合図して人払いをすると、妓に優しい声をかけた。

「花魁の弟子だそうだな。歌や踊りを習ったのだろう?」

妓女がうなずくと、さらに、「ということは、花魁とはよく知った仲だったのだろうな?」

「はい、それはもう！　ほとんど毎日会ってましたもの」

「ならば、ひっかかる点について教えてもらえるな。聞くところによると、花魁は同僚の羅《ルオ》知事閣下に身請けしてもらえると思っていたらしい。そして、誤解とわかってえらく気落ちしたように見えたのもつかのま、すぐに別のなじみ客を物色しだした。これは明らかに、すすんで妻に身請けしてくれる人を見つけたくて必死だったということだな?」

「必死なんてもんじゃありません！　あたしやほかの妓《こ》にもしょっちゅう言ってました。花魁に選ばれれば金的を射止めてご大家の奥様におさまり、一生安楽に暮らせるまたとなない好機がつかめるって」

「そのとおりだな。それならなぜ、あんな地位も富もある故李璉《リーリエン》博士のような人物の申し込みを断わったのか?」

「それ、あたしもずっと不思議に思ってたんです、閣下! ほかの妓《こ》とも話しました。きっと何か特別なわけがあったんだってみんな思ってます、あとは想像するしかないですけど。どこか人目をはばかる仲だったんだわ。ふたりがどこで、そのう……ひと汗流してたか、あたしたち全然知りませんもの。あの人の宴にはいつも花魁が呼ばれてましたけど、宴のあとで料亭の個室を使ったことは一度もありませんし、帰りがけに宿のほうに同伴で行ったこともありません。あの博士が花魁のせいで自殺したって聞いてから、あたし……」頬を染めてちらと判事を見る。「えーと、つまりその、ふたりの仲がどこまでいったのかちょっぴり知りたくなって、花魁の世話をしてるおばあちゃん女中に聞いてみたんです。でも、そのおばあちゃんが言うには、博士が拝月亭を訪ねたのは一度きりだし、その晩に自殺しちゃったって。それに、その時はちょっと話をしただけだって。もちろん花魁は島では好きにさせてもらえますから、いい人と会える場所はほかにいくらでもあるんです。昨日の午後、あたし思いきって本人にたずねてみましたけど、とりつくしまもありませんでした、あんたに関係ないでしょって。すごく変だと思います。だって、いつもはあいびきのようすなんかをそりゃ詳しく話してくれてたんです。覚えてますけど、みんなでほんとに笑っちゃいましたわ、あのおでぶちゃんの羅《ルオ》知事さまがどんなに……」

「まったくだ!」狄《ディー》判事があわてて話を切り上げる。「ときに、歌がうまいそうだな。うちの副官によると、もと妓女だった凌《リン》さんとかいう人について習っているそうだが」

「おたくの部下がそんなおしゃべりだなんて、ちっとも知りませんでした!」妓が馬栄《マーロン》に困った顔を向ける。「もしも朋輩の妓《こ》たちにその話を知られたら、みんなもやっぱり凌《リン》さんに頼むから、じきにだれもかれも同じ歌を歌うようになっちゃうわ!」

「秘密は守る！」判事がにっこり笑う。「淩《リン》さんと話がしたいのだ、当地の昔のことで。会ったことは極力伏せておきたいから、公式に呼び出しはできん。ふさわしいお膳立ては任せよう」

「それ、難しいんじゃないでしょうか」言いながら眉をひそめる。「実を言うと、今しがた会いにいってきたんです。どうしても中に入れてくれませんでした。扉越しに言うんです、またひどい咳が出たって。それで、何日間かお稽古は無理だろうって」

「簡単な質問のいくつかに答えられぬほど、具合が悪いはずがない」狄《ディー》判事がむっとする。「行って、あらかじめ伝えておくのだ。一時間ほどしたら私を案内して戻ると」立ち上がってつけくわえる。「あとでまたここを通る」

銀仙がかしこまって玄関口まで見送りに出る。おもてに出た判事が馬栄《マーロン》に、

「淩《リン》さんに質問するさいに陶番徳《タオバンテー》も同席させたい、役に立つ提案をしてくれるだろう。あのむこうの大きい酒店で、陶番徳《タオバンテー》のいどころをたずねよう！」

ついていた。店のあるじにきくと、たまたま陶番徳《タオバンテー》がそこにいたのだ。店裏の倉庫で、ついたばかりの酒瓶をあらためていた。

粘土でふさいだ大きな陶器の酒がめにかがみこむ陶《タオ》をみつけた。倉庫などにお出ましいただいてとしきりに恐縮し、階上《うえ》で新酒の味見をぜひにと申し出る。だが、狄《ディー》判事が、「ただいまは非常に急いでおるのだ、陶《タオ》さん。午後のもう少しあとで、ここで三十年前に有名な妓女だったさる老婆に質問をするつもりだと、そう伝えたかったまでだ。あなたも同席を願われるだろうと思ってな」

「ぜひともお願いいたします！」陶《タオ》が叫ぶ。「どうやって探し出されたのですか？　八方手をつくして、そういう人物をもう何年も探しておりましたのに！」

「存命だと知る人がほとんどなかったようだ。これからちょっとべつのところに予定があってな、陶《タオ》さん。帰りにここに寄って拾っていこう」

陶番徳《タオバンテー》がうれしそうに礼を述べる。

またおもてに出ると、狄《ディー》判事が評した。

「陶《タオ》さんはけさがた私に信じ込ませたより、ずっと家業に精をだしとるようだ！」

「新酒の味が嫌いな人なんて、まずいませんよ！」馬栄《マーロン》がにやりと笑う。

温元《ウエンユアン》の骨董店は繁華街の角店《かどだな》だった。大小の卓がぎっしり詰め込まれ、花瓶や彫像や漆箱その他、種々雑多な骨董がところせましと載っていた。狄《ディー》判事の大きな紅の名刺をもって、店の助手が二階に上がってしまうと、判事は馬栄《マーロン》に耳打ちした。

「一緒に階上《うえ》に行ってくれ。おまえのことは磁器の収集家だと言うから」大男の抗議をさえぎって言う。「証人として、その場にいてほしいのだ」

急いで降りてきた温元《ウエンユアン》が、深々と頭を下げて判事を迎えた。ひととおり挨拶を述べかけたが、薄い唇が震えるあまりしどろもどろになっただけだった。狄《ディー》判事がきまじめな口ぶりで、

「おたくのすばらしい品揃えのことをいろいろ聞いたので、こちらにうかがってひと目見てみたいという誘惑に勝てませんでな」

ふたたび温《ウエン》が大仰におじぎをした。身を起こしたときには、判事のたわいない訪問目的がわかってはっきりと恐れが去っていた。笑顔で謙遜する。

「こちらの一階には、値打ちものは何も置いてございません！ こういった品はおのぼりさん向けに過ぎません。およろしければ、どうぞ二階においでくださいませ！」

二階の大広間は上等の骨董品で品よくしつらえられ、壁沿いの棚に磁器の逸品が飾ってあった。骨董商は奥の小さな書斎に案内し、茶卓の席を判事にすすめた。その椅子の背に馬栄《マーロン》が立つ。紙窓にさえぎられた光が壁面を埋める軸物にあたり、古さびた色みをひきたてていた。かなり涼しかったが、温《ウエン》はどうしてもと言いはってお客人に絹張りの美しい扇をさしだした。骨董商が香り高い花茶をいれるま

に、狄《ディー》判事が言った。

「私自身の興味は古画と古書です。うちの副官を連れてきたのは、磁器に目がきくからでして」

「それはそれは、ありがたいことで！」温《ウエン》の声にいちだんと熱がこもる。卓上に四角い漆箱を置き、詰め物をした箱からすんなりした白磁花瓶を取り出した。また口を開いて、

「けさがた、ある男がこの花瓶を持ってきましたが、ちょっとどうかなと思いまして。およろしければ、だんなのご意見をお聞かせ願えますか？」

　不満たらたらの拳士が鬼のような顔でじっと花瓶をにらみつけたので、温《ウエン》はあわてて箱に戻し、気がさしたように言った。

「ええ、ええ、偽物ではないかなとは手前も思っておりました。でも、ものはさほどひどくないと思いまして。そうですね、だんなは実にお目が高くていらっしゃる！」

　馬栄《マーロン》がほっとして椅子の背に戻ると、判事がきさくに骨董商に話しかけた。

「おかけなさい、温《ウエン》さん！　のんびり話でもしましょう」

　温《ウエン》が向かいにかけると、判事がさらりと言った。「骨董の話でなく、けさがた法廷でついたうその証言についてね」

　温《ウエン》のくぼんだ顔が病人のように青ざめた。舌がもつれる。

「て、てまえには閣下が何をおっしゃっているのか、さ、さ、さっぱり……」

「こう証言した」狄《ディー》判事が冷たくさえぎる。「ゆうべ白鶴楼からまっすぐここに来たと。妓坊の稽古場で、身を守るすべのない妓女をさんざん痛い目に遭わせたところを、だれも見ていないと思ったのだ。だが、ある女中が見ていて届け出た」

　赤いしみが温《ウエン》の顔にあらわれた。薄い唇を湿しておいて、口を開く。

「ああ、それでしたらわざわざ申し上げるまでもないと思いまして、閣下。時々は罰を与えてやりませんと、ああいうわがままな妓は……」

「罰を受けるのはおまえのほうだ！　法廷偽証罪は重叩き

五十打だぞ！　年齢《とし》に免じて十打は勘弁してやるとしても、残りだけであの世送りにするにはじゅうぶんだ！」

温《ウエン》はとびあがり、判事の前にひざまずいた。額を床《ゆか》につけて慈悲を乞う。

「立て！」判事が命ずる。「鞭打たれることはない、その首は処刑場に落ちるのだから。殺人に加担したかどでな！」

「殺人？」温《ウエン》が金切り声を上げる。「そんな、閣下！　ごむたいな……どんな殺人で？」

「李璉《リーリエン》博士殺しだ。十日前、博士が到着した朝におまえと話していたところを聞いた者がいる」

温《ウエン》がかっと目を見開く。

「浮き桟橋近くの木陰だ、このろくでなしめ！」馬栄《マーロン》がいきまく。

「でも、あそこにはだれも……」温《ウエン》が言いかけ、はっとして続ける。「つまり……」言葉をとぎらせ、落ち着こうとあがく。

「ありていに白状せい！」狄《ディー》判事が怒鳴りつける。

「ですが……ですが、もし手前どもの話を聞いていたのなら」温《ウエン》が泣き声をあげる。「それなら、手前が博士に道理をわからせようと懸命だったとご存知のはずです！　よくよく言って聞かせてやりました、馮《フェン》の娘を捕まえようとするなど、まったく狂気の沙汰だ。馮《フェン》が黙っていない、おそろしい目に……」

「はじめから通して、つつみかくさず述べよ！」判事がさえぎる。「殺人にいたるまでのいきさつを！」

「あの馮《フェン》の悪党めが、悪口を吹き込んだにきまってる！　博士には指いっぽん触れておりません！　ぜったい馮《フェン》です、あいつが自分でやったんです！」深く息を吸い込み、やや落ちついた声で続けた。「起きたことを正確に申し上げます！　博士の下男が夜明けにこちらの店に参りまして、手前は起きたばかりでした。その者によりますと、てっきり前の晩につくと思っていたのに別の船とぶつかってしまい、いま、浮き桟橋で手前をお待ちだというのです。諫議大夫の李《リー》進士にはご面識があり、ご子息にもひいきにしていただけるものと思っておりました。それでたぶん……」

「実際のできごとから話をそらすな！」狄《ディー》判事が命じた。

「ですが、李《リー》が食指を動かしたのは骨董品ではなかったのです。手を貸して、馮戴《フェンダイ》の娘の玉環と密かに会う手はずをつけてくれというのです！　船がぶつかったときに顔をあわせておりました。なんとか説き伏せて、自分の船室でその晩を過ごさせようとしたのですが、はねつけられました。それであのばかは高慢の鼻をへし折られ、力ずくで言うことを聞かせてやるぞと決意しました。それは絶対無理だと言って聞かせようとしました。身持ちの堅い娘だし、父親は裕福で、ここで大きな力を持つだけでなく……」

「そのことなら知っている。馮戴《フェンダイ》への憎しみゆえに、おまえが心変わりしたしだいを述べよ！」

温《ウェン》の憔悴した顔が目に見えてひきつった。図星だったのだ。骨董商は額の汗をぬぐった。気落ちしたようすで、

「手前はその誘惑にあらがえませんでした、閣下！　後悔しても追いつきません。ですが、馮《フェン》はいつも手前のことを……まるで……まるで、劣った者のように見ておりました。商売面でも、それに……内輪の面でも。われながらおろかにも、娘を使えば馮《フェン》に地獄を見せてやれる絶好の機会だと思いました。それにくわだてが万が一失敗しても、責めはすべて博士に行くはずです。それで、娘の方から出向いて色よい返事をさせるように仕向ける方法があると李《リー》に申しました。あの午後、李《リー》がうちに来ていれば、詳しい話を詰める手はずでした」

まったく無表情な判事の顔を一瞥して、骨董商は続けた。

「李《リー》はやってきました。教えてやりました、惚れた妓に振られたという理由で、以前におもだった市民がここで自殺した。その恋敵が馮戴《フェンダイ》だったというのは有名な話で、馮《フェン》が殺したという噂もあるのだと。噂にもいくぶんかの真実があるに決まっております、閣下！　誓って申しますが手前はこの目で馮《フェン》を見ました、その男が死んだ当夜に、事件の起きた旅館の裏に忍んできたのを！　あの男を殺したのは

ぜったいに馮《フェン》だったのです、いかにも自殺したようにみせかけたんです」咳払いをして続ける。「馮《フェン》の娘は父にまつわる噂を知っていると、李《リー》に言ってやりました。使いをやって父親の罪の動かぬ証拠を押さえていると言ってやればまちがいなく来るに決まっている、親思いの娘だからと。そしたら好きにすればいい、公にとがめだてもできないだろう。それで全部でございます、誓います、閣下！　実際にそういう使いを博士が出したかどうかは存じません。また、かりに出したとして、娘が本当にこっそり博士を訪ねたかどうかも存じません。ただ、これだけはわかっております、李《リー》が死んだ夜、紅堂楼のちょうど真裏の園内で馮《フェン》を見かけました。ですが、何が起きたかはまったく存じません。信じてくださいませ、閣下！」

またひざまずき、何度も何度も床に額を打ちつけた。

「いまの話はひとこと残らず確かめさせてもらう」狄《ディー》判事が言った。「真実を語ったことを願うぞ——それが身のためだ！　さて、これから一件すべての自白書を書いて、法廷で故意にうそを申し述べた、銀仙がはだかで稽古場の柱に縛られているから思いのままにできると秋月に耳打ちされ、あとでそこへ行き、いまわしい申し出に従わせようとして拒まれ、長い笙で無情に尻を打ちすえたと、つつみかくさず書くのだ。立て、言われた通りにせよ！」

温《ウェン》があわてて立ち上がる。震える手でひきだしから紙を出し、卓上にひろげた。だが筆を湿したところで、はたと書き出しにつまったらしい。

「口述してやる！」判事が一喝する。「書け！　下記名の私は、ここに自白するものである。七月二十八日の夜……」

骨董商が書き上げると、判事はその文書に印と爪印を押すよう命じた。ついで、その書類を馬栄《マーロン》に押しやり、証人としてやはり爪印を押させた。

立ち上がり、文書を袖にしまってにべもなく言う。

「都への旅はとりやめだ。追って沙汰あるまで自宅拘束とする」

その後に馬栄《マーロン》をしたがえて階段をおりた。

12

事件二つの道筋をたどり
老いたる妓女を訪ねゆく

つれだって通りを歩きながら、狄《ディー》判事が言った。

「例の蟹やんと相棒を見損なっていたな。じつに有益な情報をくれた」

「はい、あいつらは大丈夫です。でも白状しますと、あの時の話は半分ちんぷんかんでした――蟹やんのほうが特に。温《ウエン》ですが、閣下、あの根性曲がりの悪党が今しがた吐いた話は本当でしょうか?」

「本当の部分もある。やつのふいをついたから、博士が馮《フエン》の娘をものにしたがったこと、悪辣な策をもちかけたことはまったく本当だろう。博士の高慢な思いあがり、温《ウエン》の卑怯な性根の悪さのいずれにも一致するからな。また、馮《フエン》が賈玉波《チアユウボウ》との縁談を急いだわけもうなずける。あの若い詩人は一から十まで馮《フエン》頼みだ、処女でないと知れても突っ返す度胸はあるまい」

「じゃあ、李《リー》が本当にあの娘を犯したって確信がおありなんですね？」

「むろんだとも。だからこそ馮《フエン》に殺されたのだ。ちょうど三十年前に陶匡《タオクワン》殺しを隠しおおせたように、博士の場合も自殺を装ってな」いぶかしげな馬栄《マーロン》の顔にたたみかける。

「まちがいなく馮《フエン》だよ、馬栄《マーロン》！　動機も機会もあった。それに、博士は女で自殺する玉ではないとあの蟹やんと小蝦どんのふたりは言っていたが、今ではもろ手をあげて賛成だ。馮《フエン》に殺されたにちがいない。やむにやまれぬ動機と機会に加え、三十年前に絶対安全と証明済みの手口までそろっている。他におらんな、残念ながら。馮《フエン》の印象はすこぶるよかったのに。だが、かりに下手人だとすれば、調べを進めんわけにいくまい」

「じゃあ、秋月の死の手がかりが馮《フエン》から出てくるかもしれませんね、閣下！」

「ぜひともそうあってほしいものだ！　陶匡《タオクワン》と博士殺しのほうは発見があったが、花魁の死はさっぱり進展がない。どこかでつながっとるに違いないとわかってはいるものの、どこからあたればいいかとなると、まったく見当もつかん」

「今しがたのお話ですが、李《リー》と玉環についちゃ、あの老いぼれ山羊の話は信用できるんでしたよね。あとの残りはどうですか？」

「博士に助言した話のあとで、温《ウエン》がしだいにおちつきを取り戻したのに気づいた。こちらのはったりをそのとき悟られていたかもしれん。すでにしゃべってしまったものは今さら変えようがないが、とっさに腹を決めてそれ以上もらすまいとしたのだな。博士がらみの話はほかにもあったのに、ひた隠していたという気がする。まあいい、いずれわかるだろう。まだ調べが終わったわけではないからな！」

馬栄《マーロン》がうなずく。あとはおたがい黙って歩いた。

陶番徳《ダオパンテー》はさっきの酒屋の店先で二人を待っていた。三人で銀仙のうちに向かう。

戸口に出てきたのは本人だった。戸を開けて声を低め、

「凌《リン》さんは、あんなあばらやに閣下をお迎えするのが恥ずかしいそうです。具合が悪いのに、どうしてもここに連れてきてっていうんです。それで、そおっと稽古場に入ってもらいました。その時には誰も使ってなかったんです」

急いで三人を案内する。奥の窓際の柱わきに細い人影がひじかけ椅子に前かがみに座っていた。粗末というもおろかな、色あせた茶の綿服。ぼさぼさの白髪が肩に落ちかかり、太い血管の浮き出た両手を膝にのせている。ひとの気配を聞きつけて顔を上げ、見えない目をその方角へと向けた。

窓紙をすかして、みるかげもなく崩れた顔に光が当たる。病気で赤みの浮いた頬はこけ、深いあばたでびっしり覆われていた。白くにごった目は妙に動かない。

判事や二人の連れを率いて、銀仙が急ぎ足で先に立つ。白髪頭のほうへ身をかがめ、小声で、

「知事さまがおつきよ、凌《リン》さん！」

席を立ちかけた老婆のやせた肩を、狄《ディー》判事がそっと片手でおさえていたわる。

「どうか、そのままで。わざわざおいでいただくには及ばなかったのだ、凌《リン》さん！」

「何ごとも、すべては閣下の御意のままに」盲目の老婆が言った。

いぶかしいほどの恐怖にとらわれ、心ならずも判事は身をひいた。これほどの声は聞いたことがない。玲瓏たる響きとぬくもり、うるおいのある玉のようだ。なのに、老い崩れたこの容貌から発せられると、とたんにむざんな冷嘲の様相を帯びる。やむなく二、三度つばを呑みこみ、ついで口を開いた。

「妓籍にあったときの名は何という、凌《リン》さん？」

「金碧《きんぺき》と申しました、閣下。昔はずいぶんともてはやされました、歌と……美貌を。十九歳で病にかかり……」声がかすれた。

「その当時」狄《ディー》判事が続ける。「琅娘《ろうじょう》という妓女が花魁になった。その者をよく知っていたか？」

「はい、でも亡くなりました。三十年前、疫病のさなかに。まっさきにかかったなかに妾《わたくし》もおりました。琅娘《ろうじょう》が死んだと知ったのはだいぶたって……治ってからです。あちらは数日おくれて病にかかり、死にました」

「琅娘《ろうじょう》には思いを寄せる男がおおぜいいたろうな？」

「ええ、星の数ほど。ほとんどは存じません。よく知っているのは二人だけ、どちらも島の者です。馮戴《フェンダイ》と陶匡《タオクワン》でございます。妾《わたくし》が快方に向かうころに陶《タオ》が亡くなり、それから琅娘《ろうじょう》が死にました」

「骨董商の温《ウエンユアン》元もやはり琅娘《ろうじょう》の気をひいていたのか？」

「温《ウエンユアン》元？　ええ、やはり存じております。朋輩はみな逃げ回っておりました、妓《おんな》いじめの好きなやつでしたから。琅娘《ろうじょう》に高価な品を山ほど贈りましたが、見向きもされませんでした。温《ウエン》がまだ生きておりますか？　だとすれば、いくらなんでも六十の坂は越しておりましょう。何もかも、本当に昔のことでございます」

にぎやかにおしゃべりしながら、窓のすぐ下を妓女の一団が通りすぎた。ひときわ高い笑い声があたりにひびきわたる。

「どうだろう」狄《ディー》判事がまたたずねる。「馮戴《フェンダイ》が琅娘《ろうじょう》の恋人だったという噂にいくぶんの真実はあったか？」

「覚えておりますが、馮《フェン》は姿のいい、正直で頼もしい人でした。あの人と陶匡《タオクワン》は甲乙つけがとうございましたね。陶匡《タオクワン》もやはり容姿端正で、誠実な善人でした。それに、やはり心から琅娘《ろうじょう》に惚れていました」

「こういう噂もある。陶匡《タオクワン》が自殺したのは女が馮《フェン》を選んだせいだと。あの男を知っていたな、凌《リン》さん。陶匡《タオクワン》はいかにもそういう男だったか？」

すぐには答えなかった。見えない目を上げ、二階の部屋で鳴り出した阮咸《げんかん》に耳をすました。堂々巡りでひとつのふしをくりかえしている。老女が言った。「あの楽器は根締《ねじめ》をもっときちんといたしませんと。ええ、ええ、陶匡《タオクワン》は琅娘《ろうじょう》に心から惚れていました。おそらく、死んだのはそれがもとでしょう」すばやく息をのむ陶番徳《タオバンテー》の声を聞いてたずねた。

「そちらのお連れはどなたですか?」

「うちの副官のひとりだ」

「そうではございませんね」静かに言う。「お声を聞きました。そのかたもきっと陶匡《タオクワン》をよくご存じのはず。妾《わたくし》などよりよほどくわしくお話しになれます」

ふいに、ひどいせきの発作でからだが揺れた。老女がくしゃくしゃの手巾《ハンカチ》を袖から取り出し、口もとをぬぐう。袖に戻すときに赤いしみが見えた。

その病状では助かるまいと狄《ディー》判事にはわかった。咳がおさまるのを待ちかねて続ける。

「陶匡《タオクワン》は自殺したのではなくて、馮戴《フエンダイ》に殺されたという噂もある」

老女はゆっくりとかぶりをふった。「それは根も葉もない作りごとです。陶匡《タオクワン》と馮《フエン》は親友でした。二人の話を聞いたことがあります――琅娘《ろうじょう》のことで。おたがいに、どちらが選ばれても恨みっこなしだと言い合っておりました。でも、選ばれなかったろうと思います」

狄《ディー》判事は陶番徳《タオバンテー》に目顔でたずねた。男がかぶりをふる。めぼしい質問は出つくしたようだ。すると、またあの美しい声が、

「妾《わたくし》が思いますに、琅娘《ろうじょう》は容姿や性格や富にあきたりなかったのでしょう。その上を求めたのです。そのすべてをかねそなえていても、侠気《きょうき》さかんな男《ひと》。富や地位や名声――すべてを弊履の如く捨ててしまえる男《ひと》。惜しげなく捨てて一顧だにしない男《ひと》。愛する女のためならそこまでできる男《ひと》」

声がやんだ。狄《ディー》判事はじっと窓をみつめた。あの阮咸《げんかん》はしつこく同じふしばかりで、いささか耳につきだした。し

いて気を取り直す。

「本当にご苦労だった、淩《リン》さん、さだめしお疲れだろう。椅子轎《いすかご》を呼ばせよう」

「お気遣いいいたみいります。ありがとうございます、閣下」

言葉つきはへりくだっていたが、ひいき客の席をさがる名妓の値千金《あたいせんきん》の張りがあった。それが判事の胸にひとしお刺さる。一同に合図していっしょに出た。おもてで陶番徳《タオバンテー》がぽつりと、

「あの声だけがよすがなのですね。ふしぎな……過去のまぼろしの。これは、じっくり考えてみなくては。ここで失礼いたします」

狄《ディー》判事がうなずき、それから馬栄《マーロン》に言う。

「椅子轎《いすかご》を呼びにいってくれ、馬栄《マーロン》。ここの裏口から入れて銀仙に手を貸し、めだたぬように淩《リン》さんを椅子轎《いすかご》に乗せてやるのだ。私のほうは寄るところがもうひとつある。そのあとで紅堂楼に戻る。一時間ほどしてそちらで会おう」

13

大枚はたいて妓《おんな》の身請け
白衣の秀才はくだを巻く

繁華街に行った馬栄《マーロン》は、客待ちしていた椅子轎《いすかご》のうち、小さい四人舁《よにんが》きを拾った。轎賃《かご》は前金で払い、酒代《さかて》をぽんとはずんでやる。轎夫《かごかき》どもは大はりきりで、歩く馬栄《マーロン》のあとから小走りについて裏口をくぐった。裏庭で、淩《リン》さんを連れて銀仙が待っていた。

銀仙が、手を貸し淩《リン》さんを椅子轎《いすかご》に乗せ、角を曲がって見えなくなるまで浮かない顔で見送る。沈んだようすに、馬栄《マーロン》がしいてにやりと笑ってみせた。

「元気出せよ、おい！　くよくよすんな、よろずもめごと

はうちの親分まかせにすりゃいい！　いつもその手でやってるのさ！」

「あんたらしいわね！」とかみつく。入るなり、面前で戸を思い切りたたきつけた。

馬栄《マーロン》が頭をかく。図星かもしれん。いつになく考え込んで、目抜き通りへと歩いていった。

雑踏の頭ごしに検番の大門がひときわ目をひくところまで来て、ぴたりと足が止まった。門をくぐってせわしげに出入りする人の流れをしばらく眺めたあと、また大またに歩き出す。深く考えこみ、今しもある重い決断をくだそうとする。いきなり来た道を逆もどりし、ひじで人波をおしのけて大門をくぐった。

何十人もの男たちが汗だくになって長い帳台《カウンター》の正面に群がり、手代の列めがけて赤い差紙《さしがみ》をひらひらさせ、てんでに大声をはりあげていた。その男たちは料亭や茶館の客引きや使い走りで、赤い差紙にはご指名の妓女を書いてある。だれかひとりの差紙がうまいこと手代たちの手に渡るが早いか、さっそく目の前の台帳のどれかが親指でめくられだす。妓女の予定があいていれば、時間と行き先の名を台帳に書き込んでから差紙に印を押し、戸口をうろつく使い走り小僧のだれかにわたす。その小僧が妓坊に届け、指定された日時と場所に妓女が出向くようにする。

帳台《カウンター》の端入口で番をしていた男を馬栄《マーロン》はぞんざいに押しのけた。まっすぐ奥に通ると、大きな机の奥に番頭がでんと鎮座していた。えらく肥った男で、丸顔は毛が一本もない。しまりのない半眼で、ふんぞりかえって馬栄《マーロン》を見る。

長靴から政庁の通行証を出し、卓上にほうってやった。でぶはその書類を穴があくほど見ると、にこやかに顔を上げ、そつなくたずねた。

「何か手前でお役に立てますでしょうか、馬《マー》さま？」

「簡単な商取引にひとつ手を貸してくれ。そいつがお役に立つってこった。上品《じょうほん》の妓女をひとり身請けしたい。銀仙って妓《こ》だ」

でぶは口をへの字にした。品定めの一瞥をくれたのち、ひきだしからぶあつい台帳を取り出す。めくりつづけて目当ての項目が出ると、じっくり読む。もったいぶってせきばらいし、こう言った。

「買い値は安くて、金一錠半でした。でも、売れっ妓《こ》で歌もうまいんですよ。お高《たか》価い衣装も揃えてやりましたしねえ。そのつけはここに一式ございます。全部合わせますとですね……」そろばんに手をのばす。

「ごたくはよせ！　あの妓《こ》にゃ元手がかかってるが、その五十倍以上は稼いだんだ。だから元値で払うぜ。しかも現なまだ」

彭《ポン》おじの遺産分けでもらったあの金二錠の金包みを懐から取り出し、包み紙をはがして、なかみを机にならべた。

光り輝く金の延べ棒二本をでぶはにらみつけ、ゆっくりと二重顎をさすった。げんなりしつつ考える。政庁のお役人とことを構えるのはまずい、馮戴《フェンダイ》親分は絶対にいい顔をしないはずだ。すこぶる惜しい玉ではあるが、こやつめに引き下がる気はぜんぜんないらしい。これがよそ者のお客ならこの二倍はかたいうえ、気前よくご祝儀まではずんでくれるのに。今日は厄日だよ。胸やけもまたひどくなった。げっぷをしたあと深いため息をもらし、いちめんに印を押した領収書束を台帳からはずして馬栄《マーロン》に渡した。それから、おつりの銀二十粒をせっせと数えた。最後のひとつをぐずぐずと手放さない。

「きちっと包んでくれ――その銀全部な！」大男が命じる。

むっとして番頭が見る。おつりの銀をまとめて、のろのろと赤い紙にくるんだ。

その包みとさきほどの書類束を袖にしまうと、馬栄《マーロン》はおもてに出た。

われながらこれでよかったと思っていた。ここらが年貢の納めどきってもんだ。どうせ女房にするなら、故郷の女よりましな相手がいるか？　狄《ディー》判事がくれる給金で楽に家族を養っていけるし、これまでのように酒と浮かれ女に全部使っちまうよりずっといい。ただひとつ難儀なのは、同僚の喬泰《チャオタイ》と陶侃《タオガン》にきりなくからかいの種にされることだ。

ええい、勝手にしろ！　いくらあいつらだって、あの妓をみればぴしゃりと口をつぐんじまうだろうさ！

永楽館の通りで角を曲がりかけ、酒場の赤い看板に目を誘われた。自分にいっぱいおごってやることにする。だが、戸口のすだれをくぐると、にぎわう店内はごきげんの客でもうぎっしりだった。空き席はひとつ、窓辺の卓しかない。同じ卓では見るからに不景気面の若者が、ごきげんななめで、からの酒つぎとにらめっこしていた。

卓のすきまをぬってきた馬栄《マーロン》がたずねる。

「ここあいてますかい、賈《チア》さん？」

若者の顔がぱっと明るくなった。

「どうぞどうぞ！」言葉につれてまたうつむく。「あいにくと何もないんです。この最後の酒つぎで手持ちの銅銭も底をついちゃいました。馮《フエン》のおやじがなかなか金を出さないんだ、貸すって約束したのに」

ろれつが怪しい。馬栄《マーロン》は思った。最後ってのはきっと、ずらりと並んだ列の最後ってんだろうな。ほがらかに、

「おれので一緒にやりなよ！」給仕を呼んで大きな酒つぎをひとつ頼む。お代を払い、両方の杯になみなみと注いだ。

「この一杯でつきが来ますように！」一気にあけて、すぐなみなみと注いだ。詩人がそのお手本にならい、その後に陰々滅々とふさぎこむ。

「こりゃどうも！　八方ふさがりなんですよ、ほんとに、よっぽどつきがないと」

「あんたが？　おいおいおい、馮《フエン》の未来の婿がねともあろうお人が？　賭場の親分のひとり娘を嫁にするってえ——あの手は、賭け金取り戻しにかけちゃ前代未聞のうまいいかさまじゃないってのかい！」

「そういうこと！　だからどうしてもつきが要るんです、この泥沼からはいでるには籠に山盛りね。そもそもこんなひどい泥沼にはまった元凶は、温《ウエン》の豚野郎なんですよ！」

「どんな泥沼か、まださっぱりわからん。だが、温《ウエン》は犬畜生にも劣るやつだ。その点じゃ、おまえさんの味方だよ！」

うるんだ眼で賈《チア》がじっと見つめる。そして言った。

「あの博士が死んじゃって計画もおじゃんになったからには、あんたに話したって害はないでしょう。あのね、はしょっていうとぼくがあのいまいましい賭場で金をすっちまったとき、対面《といめん》の席はあのきどりやの博士さまだったんです。ろくでなしめが道学者ぶって、ぼくが無謀な賭け方をするからだ、ですってさ。で、あとから呼びとめてたずねるんです、何なら雇われてでも金を返して欲しいかって。ぼくは言いましたよ、むろん返してほしいさ、たとえ雇われるはめになっても。そしたら温《ウエン》の店に連れて行かれました。そこで、ふたりして馮戴《フエンダイ》を陥れる計画をあれこれ練ってたんです。温《ウエン》が馮《フエン》を泥沼に引きずりこみ、さらに李《リー》が都のつてをたどって馮《フエン》のかわりに温《ウエン》を里正のあとがまにすえるっていうんです。むろん李《リー》はこれっぽっちも損したりしませんよ。そいつがお偉方ってもんですよ！　李《リー》と温《ウエン》がぼくに命じたのはこうです。馮《フエン》にとりいって信頼され、自分たちの手先として馮《フエン》の屋敷をかぎまわれ。ふたりのいいつけで、ある小さな箱を馮《フエン》の屋敷内に隠す手はずになってました。話はそれだけです」

「きったねえ野郎だぜ！　で、承知しちまったんだな、おまえさんてえばかったれは？」

「あんたねえ、いちいちぼくの名を教えてくれなくたっていいですよ！　よるべもなく、すっかんぴんでこの島にずっと足止めされたいと思う？　それに馮《フエン》を知らなかったから、ほかのやつらと大同小異の悪玉に決まってると思って。話の腰を折らないでくださいよ、ただでさえこうもゆううつな話だと話すだけでひと苦労なんだから。ところでさっき、この酒つぎのことで、一緒にやろうとか何とか言ってませんでしたっけ？」馬栄《マーロン》がまた注いでやる。むさぼるように飲み干し、若い詩人はまた話を続けた。「さて、そこで李《リー》のやつ、貢試に受かったら返すって条件で、馮《フエン》を訪ねて借金を申しこんで来いって命じるんです。失意に沈む才能ある若い詩人てのに、馮《フエン》は弱いみたいですね。

そこまではまだよかったんです。でも、いざ馮《フエン》に会ったらすごくまじめで感じのいい男だったんです。借金の申し込みも承知してくれましたしね。それに、ぼくに好意をもったとみえて翌日の夕飯によばれ、そのあくる日にもよんでくれました。お嬢さんにも会いました、すてきな娘ですよ。それに陶番徳《タオバンテー》、最高にいいやつです。詩にも目が高くて。ぼくの詩を読んだことがあって、古雅の趣があるって言ってくれたんです」

賈《チア》が手酌でぐいぐいあおり、さらに、

「二度めの夕飯によばれたあと、温《ウエン》のところに行ってこう言ってやりました。馮《フエン》はひとかどの人士だってわかった、だから身辺をかぎまわるのはお断わりだ。士は士を知るもんだってね。さらにおまけで、まったく同じ理由でおまえや李《リー》なんぞの輩《やから》をかぎまわるのはやぶさかじゃないって。もう一つや二つは言ってやってもよかったんですけど。でね、温《ウエン》のやつがどなるんです。李《リー》が思い直して計画全体を取りやめた、だから、どのみちびた銭一枚だって払ってもらえると思うなって。願ったりですよ。馮《フエン》が約束してくれた借金をあてにして宿のおやじに銀を一粒借り、花柳界の盛り場へ行ってみました。そこでかわいい妓《こ》にあったんです。見たこともないほどきれいで、気立ても最高にいい妓《こ》です。若輩者の身でなんですが、これまでの人生でずっと待ち望んでいたような、そんな妓《こ》なんです」

「その子も詩を作るのかい？」馬栄《マーロン》がうさんくさそうにたずねる。

「まさか！　気立てがよくて、素朴で、ものわかりがいいんです！　ほっと安らげるたぐいですね、言ってる意味がわかるんならですが。地に足がついてるんだな。文学少女なんか、かんべんしてくれえ！」しゃっくりをしてさらに、「文学少女って神経質でしょ。神経質はぼくひとりでじゅうぶん間に合ってますよ。いやいやいや、ひとつ屋根の下で詩ができるとしたら、それはぼくの詩です。ぜったいにぼくのだけです！」

「じゃ、なにがそんなに気に入らねえんだよ？」馬栄《マーロン》がどなる。「まったく、ついてるやつはとことんついてるよな！　てめえはこれから馮《フェン》ちのあまを嫁にはするわ、他にも女は捕まえるわ、それも気の安らぐ女ってやつをだ、妾にしようってんだから」

　とたんに賈《チア》はしゃんと居ずまいを正した。苦労して相手に目の焦点を合わせながらも、凜と言いはなつ。

「馮戴《フェンダイ》はひとかどの人士だし、馮《フェン》のお嬢さんはあまじゃなくて素養のあるまじめな娘《こ》です。ちょっと神経質ですけどね。馮《フェン》はぼくが好き、お嬢さんもぼくが好き、ぼくも二人が好きです。あんたね、ぼくが馮《フェン》のひとり娘を財産つきでもらっておきながら、心ばかりの返礼のしるしに妾を家に引き入れるような、そんな下司なやつだと思ってるんですか？」

「そういう機会に飛びつくやつはたくさん知ってるぜ！」馬栄《マーロン》が未練たっぷりに言う。「さしずめ、おれがそうだな！」

「あんたじゃなくてよかったよ、ぼくは！」賈《チア》が悪意をこめて言う。

「どっちがやなやつか、〝天の神さまのいうとおり〟で決めな！」

「天の神さまのいうとおり？」詩人がおうむ返しにのろのろ言うと、みけんに深いしわを寄せた。曲げた指で交互に馬栄《マーロン》と自分をゆびさしてつぶやく。「て……ん……の……か……」それからふいに大声を上げる。「ぼくをやなやつだって言うんですね！」

「ちがうだろ！」馬栄《マーロン》が笑い飛ばす。「いまのはおまえさんの数えちがいだ」

「すみません」賈《チア》がぎこちなく言う。「なにしろ、自分の悩みで頭がいっぱいで」

「で、これからどうするつもりだ？」

「わかりません。金さえあればなあ、あの子を身請けして、手に手をとって姿をくらますのに！　そしたら陶《タオ》にもおんの字ですよ。だって、馮《フェン》のお嬢さんが好きなんですからね。おもてに出したがらないだけで」馬栄《マーロン》の方に身を乗り出し、がらがら声でささやく。「陶《タオ》さんのほうに引け目があってね」

　馬栄《マーロン》が深いため息をもらした。

「それじゃ、こんどはひとつ経験豊かで世慣れた男の言うことを聞きな、お若いの」うんざりと、「おまえさんや陶《タオ》はじめ四角四面の筆ふり連中ってのはまったく、自分にも他人にも簡単なことをわざとややこしくしてやがる。どうすりゃいいか教えてやるよ。馮《フェン》の娘を嫁にして、ひと月は全身全霊で打ちこんでやる。そうすりゃ、これ以上ずぶとくなったら若い女じゃねえってほど神経が鍛えられ、少しは休ませてよって泣きついてくる。そしたらふたつ返事で承知してやる。かみさんは休みをもらえるが、こちとら不都合があるわけもねえ。そこで例の安らげる女ってやつを身請けしてやりゃ、かみさんも喜ぶ、もうひとりも喜ぶ。ふたりとも安らげるか、手がつけられない悍婦になるか、そいつはおまえさんのお好みしだいだ。そのあとで出かけてって三番めを身請けしときな、そうすりゃ女同士で揉めだすたびに、みんなで仲よく卓を囲んで骨牌しようよって言ってやれるから。うちの狄《ディー》判事どのは三人の奥方とやってるぜ。それに学識もあり、ひとかどのりっぱな人士だ。さてと、うちの判事どのと言や、おれはそろそろ行かんとな！」

　酒つぎの中身を自分の口にすっかりあけ、からっぽにした。「こいつは謝礼だ！」と言い捨て、憤慨してうまい言葉をとっさに思いつかない詩人を残して、すたすた出ていった。

14

思いも及ばぬ所業を知り
博士事件の謎解きが成る

狄《ディー》判事は妓坊を出た後、まっすぐ馮戴《フェンダイ》の屋敷に向かった。門のところで執事に大きな公用の名刺を渡す。すぐに馮《フェン》が前庭に走り出て、予期せぬ客を迎えた。何か新たな進展があったのかと熱をこめてたずねる。

「そうだ」判事が落ち着いて答える。「いくつか新しい事実が明らかになった。しかしながら公に行動を起こす前にこの事柄についてあなたと話し合っておきたい。おたくの娘さんもいっしょにな」

馮《フェン》がすばやい一瞥をくれる。口ぶりも重く、「閣下はきっと、内々でとのご意向でしょうな?」狄《ディー》判事がうなずくと、続けてこう言った。「およろしければ、今朝がた陶《タオ》さんとお話しなさったあずまやに閣下をご案内いたしましょう」

大声で執事に命じ、その後に判事を案内して贅沢な大広間や回廊をいくつも抜け、屋敷の奥まったあの庭に連れて行った。

それぞれ小卓の席につくと、執事がお茶をふたりぶんいれてその場をさがった。ほどなく、玉環のほっそりした姿が庭の小道をやってきた。さっきと同じ黒い紋織緞子《もんおりどんす》のなりだ。

判事にひきあわされたあとで父の椅子脇に立ち、つつましく目を伏せてひかえた。

狄《ディー》判事が椅子に背をあずける。長いひげを念入りになでながら、馮《フェン》に言う。

「あの衝突事故のとき、李璉《リーリエン》博士はけしからん興味をおたくの娘さんに抱いたとの報告を受けた。また、その後に使いをよこしてこう言わせたとの報告もある。もしも娘さんが紅堂楼《こうどうろう》に訪ねてこなければ、あなたが以前に犯したとされるある罪を公にするつもりだと。最後に、博士が死んだ当夜、紅堂楼近くであなたを目撃したという報告がある。これらの申し立ては真実か？」

馮《フェン》が真っ青になった。唇を噛んで言葉を探す。ふいに娘が目を上げて、おちついた声で、

「もちろん真実ですわ。否定してもむだよ、お父さま。隠し通せないという気がずっとしていましたわ」馮《フェン》の機先を制して続ける。まともに判事の目を見て、「こうですの。あの事故の晩、博士からどうしてもじかにおわびしたいと言われました。はじめは礼儀正しかったのですけれど、女中がお茶を取りに席をはずしたとたん、がらりと態度が変わりました。歯の浮くようなお世辞を山ほどならべたあげくにこう言うのです。私たちの船はひと晩じゅう並んでぴったりよりそっているのだから、その時間を有効に使わない手はないと。ご自分の魅力と地位に自信たっぷりで、私が自分と寝たがらないかもしれないなんて考えもしなかったのです。だから、疑う余地なくはっきりとお断わりしたら、かんかんになって、私の意思がどうあろうと、どのみちものにしてやると断言しておりました。そこに置き去りにして私は自分の寝室に戻り、内側からかんぬきをかけました。うちに帰ってからも父には話しませんでした。父が博士ともめて、面倒なことになってはと思いまして。全体からすればそんなに取り立てて言うほどのおおごとでもないし、相手ははっきり酔っ払っていたのですから。

でも、亡くなった日の午後、あの情けない悪党は私に使いをよこしました。大筋はさきほどおっしゃったとおりです」

馮《フェン》が口を開いて何か言いかけたが、その肩に娘が手を置いてさらに続けた。

「大好きな父のことですもの、閣下。助けるためなら何でもしますわ。それに、何年も前に、父が不利にとられかねない何かをしたという噂はたしかにありました。その晩、

こっそりうちを抜けだして紅堂楼に行き、誰にも気づかれずに裏口から入りました。李璉《リーリエン》は卓について何か書き物をしていました。私が来てくれて天にも昇る心地だと席をすすめ、天に定められた宿縁なのは初めからわかっていたと、こう言うのです。父が犯したとかいう罪に話題を向けようとしましたが、直答を避けてのらりくらりとかわすばかりなのです。うそをついたのはわかっている、うちに戻って父にすべて話すつもりだと言ってやりました。すると、席からとびあがって、ひどい呼び方で私をののしるのです。いまこの場でものにしてやるという金切り声とともに、肩口から服を引き裂かれました。助けを求めて声を上げる度胸はありませんでした。とどのつまりはあの男の部屋に忍んでいったのだし、かりに人に知られたら、私や父の評判は地に堕ちてしまいます。自力で撃退できると思いました。あらんかぎりの力で抗い、顔と腕をひっかいてやりました。ひどく手荒な扱いを受けましたわ。その証拠がこれです」

父親の反対を聞き流して平然と襟もとをくつろげ、胴まで肌脱ぎになった。みると、両肩、左胸、両方の上腕にかけて、黄色と紫色のあざが一面についている。また衣服をはおって話しつづけた。

「もみあう間に卓上の書類が押しやられ、小刀が見えました。わざと抵抗をあきらめたふりをしました。そして、あの男が帯をほどこうとして、押さえていた両腕を離したすきにその小刀を摑み、離れないと殺すと脅しました。また押さえこみにきたので、無我夢中で小刀を突き出しました。いきなり首から血が噴き出し、ごぼごぼと恐ろしい音を立てて椅子にくずおれました。

もう半狂乱になりました。園内を通ってうちに駆け戻ると、父にすべてを打ち明けました。あとは父がお話ししますわ」

形ばかり頭を下げ、あずまやの階段をいちもくさんに駆けおりた。

狄《ディー》判事は目顔で馮《フェン》をうながした。里正は頬ひげをしごいたのちに咳払いし、悔悟の念を口ぶりににじませて話しだした。

「それで、娘を落ちつかせようとしました。むろんどんな罪にもあたらない。無理無体に犯されそうになったら、できるだけ身を守るのは女として当然の権利なのだから、と。いっぽう、この事件がかりに表ざたになれば、ふたりともじつに厄介だとも申しました。娘の評判にもひびくし、手前とあの古い事件を結びつける噂はまったく根も葉もないけれども、またぞろひとしきり蒸し返されたくはありません。というわけで、ええ……やや法の埒外の手順をとって処理することにしたのです」

言葉を切り、お茶をすすった。それから、やや気を取り直した声で、

「紅堂楼に行ってみますと、さきに娘が言った通り、居間の椅子で李《リー》が死んでいました。卓上と床に血痕はないといってよく、ほとんどは服についていました。自殺に見せかけることにしました。なきがらを紅の間に運んで床に寝かせ、右手に小刀を握らせました。居間の卓上の書類を紅の間に移し、扉に鍵をかけて藤棚に出ました。紅の間のひとつしかない窓は鉄格子がはまっておりますので、博士の死が自殺と解されればいいと思ったのです。そして、そうなりました。花魁が身請けを断わったと供述したので、手ごろな動機も出ました」

「思うに」狄《ディー》判事が述べる。「調べに呼ばれて戸を壊したとき、鍵を鍵穴にさしたのだな?」

「おっしゃるとおりでございます。鍵は手前が持っておりました。と申しますのも、死体発見後にまっさきに呼ばれるのは自分だろうとわかっていたからです。旅館のあるじがやってきて、ふたりで羅《ルオ》知事さまをお呼びし、ごいっしょに紅堂楼に参りました。戸を破ると、思ったとおり、知事さまと巡査たちはまっすぐ死体に向かわれました。そのすきに、すかさず鍵穴に鍵をさしたのです」

「なるほどな」判事が言う。つかのま考えこみながらひげをひっぱる。ついでさりげなく、

「そのごまかしを完璧に仕上げるには、博士が最後に書き

残したあの紙を持ち去っておかないとな」

「なぜでございますか、閣下？　だれの目にも、あの好色漢は秋月に欲情しておりましたのに！」

「いや、念頭にあったのは花魁ではなくおたくの娘だ。ふたつの輪は玉環をあらわしている。書いたあとで、ふと、秋の満月に似ていると感じて、あの二字を三度書いたのだ」

馮《フエン》が判事にすばやい一瞥をくれた。「なんてことだ！」と声を上げる。「ほんとうだ！　それに思い至らなかったとは、われながらなんとうかつな！」当惑してさらに、

「これですべて明らかになったからには、あの事件はお調べのやり直しでございますね？」

狄《ディー》判事はお茶をすすり、夾竹桃の花に目を向けた。陽光を浴びて蝶が二匹遊んでいる。静かな庭は、そうぞうしい楽園島の生活からは遠くへだたっているようだ。屋敷のあるじのほうを向き、かすかに苦笑を浮かべて言う。

「おたくの娘さんは度胸があり、機転がきくな、馮《フエン》さん。娘さんの供述は、今しがたあなたが誇張してみせたように、博士の一件を解き明かすようだな。あの両腕の傷がどうしてついたかわかってよかった。紅堂楼に邪気が作用しているのだとしばらく思いこんでいた。しかしながらまだ首の腫れの件がある。娘さんはあれに気づいたのか？」

「いいえ、閣下。手前も気づきませんでした。腺が腫れただけかもしれません。ところで、ご進言を考えておられる手前と娘への処分は、どう……」

「法では」狄《ディー》判事がさえぎる。「女がみさおを汚されそうになったら、相手の男を殺しても無罪放免にせよと述べている。だが、証拠をみだりにいじったな、馮《フエン》さん。それは重罪にあたる。手続きにしたがって裁きをくだすまえに、娘さんが述べていた昔の噂についてもっと知っておきたい。娘さんが言っていたのは、三十年前にひとりの女を争ったすえにあなたが陶番徳《タオパンテー》の父、陶匡《タオクワン》を殺したという噂だと思ってまちがいないか？」

馮《フエン》が椅子の中で姿勢をただした。悲しげに、

「はい、閣下、それが悪意に満ちた作りごとなのは言うまでもありません。親友の陶匡《タオクワン》を殺してなどおりません。当時、あのときの花魁だった琅娘《ろうじょう》なる妓女にぞっこんだったのは本当です。本気で正妻に迎えたいと思いつめておりました。その時は島の里正になりたての二十五歳でした。そして友人の陶匡《タオクワン》は二十九歳、やはりあの妓《おんな》に惚れていました。妻はいましたが、あまりしっくりいってなかったのです。しかしながら、ふたりとも琅娘《ろうじょう》に惚れていたからといって、その事実が友情のさまたげになることはありませんでした。おたがいしのぎを削るけれども、どちらが選ばれても恨みっこなしだと一致していたのです。ですが、妓《おんな》のほうはなかなか心を決めず、ぐずぐずと先延ばしにしておりました」

そこでいいよどみ、ゆっくり顎をなでる。どうやら、次をどうするべきか胸のうちで自問自答しているらしい。ようやく口を開いた。

「閣下にすべてお話ししておけばよかったと思っております。当然のこととして、三十年前のことを包みかくさず申し上げるべきでした。ですが、われながら愚かでした、そして、愚かさかげんに気づいたときはもう手遅れでした」

深いため息をつく。「さて、陶匡《タオクワン》と手前のほかにもうひとりおりました。つまり、骨董商の温　元《ウエンユアン》です。惚れていたからというのではなく、ただただ手前や陶《タオ》と同じように世慣れたところを世間に見せたいというばかな欲求にかられたまでのことです。琅娘《ろうじょう》の女中のひとりを金で手なずけ、ひそかに身辺を探らせていました。手前や陶《タオ》にこっそり先を越されたのではないかと疑ってのことです。そして、どちらを選ぶか琅娘《ろうじょう》に決断を迫ろうと陶《タオ》と手前が決めたのとまさに時を同じくして、琅娘《ろうじょう》は身ごもっていると手先の女中が告げ口したのです。温　元《ウエンユアン》はすぐさまこのしらせを陶《タオ》に伝えました。手前がこっそりぬけがけしてねんごろになり、琅娘《ろうじょう》とぐるになっていっぱいくわせているとほのめかしました。陶《タオ》は血相変えてうちに来ました。ですが、少々短気でしたが頭の切れる公平な男でしたので、ちょっと時間はかかったものの、ぬけがけなどしていないと納得してくれました。それからふたりとも次にどうすべきか話し合いました。手前としては連れだって妓《おんな》のもとに出向き、こう伝えたかったのです。べつの情人がいると判明した、だからこれ以上わずらわせたりしない。それに、その第三の男がだれか明らかにしたほうがいい。これまでどおり友人としてつきあうし、なにか困ったことがあればいつでも力になるから、と。

陶《タオ》は賛成しませんでした。琅娘《ろうじょう》がわざと板ばさみになるふりをして、われわれからもっと金を引き出す魂胆ではないかと疑ったのです。そういう女ではないと言って聞かせましたが、いっかな耳を貸さずに話題を変えてしまいました。帰ったあとでつらつら考えて心を決めました。なにかばかなことをしでかさないうちに、もういちど話をしてみるのが友達甲斐というものだと。陶《タオ》をたずねていく途中で、温元《ウエンユアン》に出くわしました。いましがた陶《タオ》をみかけたので、その日の午後に琅娘《ろうじょう》が紅堂楼で情人と密会するという情報を教えてやったと、そうまくしたてるのです。さらに、陶《タオ》はとっくにその正体をあばきに向かったと申します。温《ウエン》の罠のひとつにはまりかけているのではないかと案じるあまり、手前は園内の近道を通って紅堂楼へとひた走りました。藤棚に出ると、居間の椅子に陶《タオ》のうしろ頭がみえました。名を呼んでも動かないので中に入りました。胸は血だらけで、喉に小刀が刺さっていました。死んでいたのです」

馮《フエン》は片手で顔をぬぐった。それから、見えない目で庭を眺めた。どうにか自分を抑えて続ける。

「そこに立っていると、ふいに廊下をこちらへやってくる足音が聞こえました。ここで見つかったら、嫉妬に狂うあまり陶《タオ》を手にかけたと疑われてしまう。その考えがとっさに頭をよぎりました。表に走り出て、花魁の拝月亭《はいげってい》へとむかいました。ですが誰もいません。それで、うちに戻りました。

頭の整理もつかぬまま書斎にすわっていると、知事さまの副官が来られて、手前を里正として紅堂楼にお呼びになりました。あそこで自殺者が出たというのです。行ってみると、知事さまと配下の方々が紅の間におられました。窓の鉄格子をのぞいた給仕が、陶《タオ》の死体を見つけたのです。紅の間の戸は鍵がかかり、その鍵は内側の床に落ちておりましたので、知事さまはみずから喉を刺した傷による失血死とのお沙汰をくだされました。小刀は死体の片手がしっかりと握っていたのです。

どうしていいかわかりませんでした。手前が紅堂楼から逃げたあと、下手人が遺体を居間から紅の間に移し、そうやって自殺らしく見せかけたのは明らかです。知事さまは宿のあるじに動機の心当たりをおたずねになったので、陶匡《タオクワン》は花魁に惚れていたと申し上げました。知事さまが人を遣わして妓《おんな》をお呼びになりました。陶匡《タオクワン》が自分に惚れていたのは本当だと申し、さらに手前がまったく仰天したことに、こうもつけくわえました。身請けの申し出があったが、お断わりしたと。知事さまの御前でこんな真っ赤な大うその供述をしている間じゅう、必死で妓《おんな》と目をあわせようとしたのですが、手前からは目をそらしておりました。知事さまは失恋によるわかりやすい自殺であるとその場でお裁きをくだし、妓《おんな》を送り返されました。後を追いかけたいのはやまやまでしたが、その場に居残りを命じられてしまいました。あの痘瘡の流行がこの地域で猛威をふるい始めておりました。それもあって金華《チンフア》県知事さまが配下を連れてこの島においでになったのです。知事さまの命令で、夜を徹して伝染予防処置を考え出すのに忙殺されました。建物のいくつかは焼却処分にしたい、その他の緊急処置もとりたいと仰せでした。そのおかげで、琅娘《ろうじょう》に説明を求めに行くひまがとれませんでした。

以後ふたたび会うことはありませんでした。翌早朝、巡査たちが妓坊の住まいを焼き払ったので琅娘《ろうじょう》は他の女たちと共に森に逃げ込みました。そこで病にかかって亡くなりました。手前の手もとには琅娘《ろうじょう》の書類だけが残りました。知事さまの命で共同火葬の薪に火をつける前に、べつの妓《おんな》が死体からとってきたのです」

馮《フェン》の顔は死人のように青ざめ、ひたいに大粒の汗が浮いていた。茶碗に手を伸ばし、ゆっくりと飲む。それから疲れた声で続けた。

「いうまでもなく、その時に陶匡《タオクワン》の自殺は見せかけであると知事さまに申し上げるべきでした。友を殺した下手人をお裁きの場に引き出すのは手前のつとめですから。ですが、琅娘《ろうじょう》の言い分がどこまでうそか本当かわからぬうちに死なれてしまいました。さらに、紅堂楼《こうどうろう》へ行くところを温《ウエンユアン》　元に見られておりました。もしありのままを申し上げていれば、陶匡《タオクワン》殺しの罪で温《ウエン》に告発されていたでしょう。情けない臆病者の手前は、ひたすら沈黙を守っておりました。

二十日後に疫病があらかたおさまり、島の暮らしがしだいに元に戻りかけたころ、温《ウエンユアン》　元が訪ねてきました。自殺にみせかけて陶《タオ》を殺したと知っているぞ、もし里正の職を自分に譲らなければ、そのことをお上に訴えて出ると言うのです。やりたければやるがいいと言ってやりました。すべてが明らかになるなら望むところでした、というのも、日に日に沈黙が重荷になっていたのです。でも温《ウエンユアン》　元はずるい悪党ですから、証拠がないのを百も承知のうえでかまをかけただけでした。それで、陶匡《タオクワン》殺しに手前が無関係ではないとそれとなくほのめかす噂を広めるにとどめ、みずからはのうのうと平穏無事に過ごしていました。

四年後、琅娘《ろうじょう》の記憶がしだいに薄れかけたころに妻をもらい、娘の玉環が生まれました。大きくなってから陶匡《タオクワン》の息子の陶番徳《タオバンテー》と出会い、ひかれあったようでした。いつの日か、二人が夫婦になってくれることが手前の夢でした。子どもたちが結びつくことで、とうとう仇をうってやれなかった友との古い絆が再び日の目を見るような気がしたのです。ですが、温《ウエンユアン》　元が広めたあの中傷が陶番徳《タオバンテー》の耳にも届いたに違いありません。手前への態度が変わりました」言葉を切り、悲しげに判事を見た。「娘も陶《タオ》の変化に気づきまして、長いことひどくふさぎこんでおりました。他にふさわしい婿がねをみつけようといたしましたが、薦める若い男のどれにも見向きもしません。こうと決めたらきかない娘でございますので。それで賈玉波《チアユウボウ》に興味を示したとき、あんなに手前が喜んだのでございます。もっとよく知っている地元の者のほうがよかったのですが、ふさいでいる娘をこの上見ていられませんでした。そして、陶番《タオパン》徳《テー》はすすんで媒人《なこうど》を買って出て、娘のことはきっぱり思い切ったと手前に思い知らせたのでございます」

大きく息を吸いこみ、こう締めくくった。

「これで、何もかもお話し申し上げました。博士の死を自殺に見せかけるという思いつきの出どころも含めまして」

狄《ディー》判事がゆっくりうなずいた。

そのまま意見をさしひかえていると、馮《フェン》が静かに言った。

「亡父の思い出にかけて誓います。陶匡《タオクワン》の死について閣下にただいま申し上げましたことは、まったくの真実でございます」

「死者の霊はまだわれわれとともにあるのだ、馮《フェン》さん」狄《ディー》判事が重々しい口ぶりで思い出させる。「みだりにその名を使うものではない」二口、三口、お茶をすすると続けた。

「いまの話がまったくの真実なら、血も涙もない下手人は地元の人間に違いない。三十年前、紅堂楼《こうどうろう》で琅娘《ろうじょう》との密会現場を見られて殺した。昨夜またあらわれ、今度は秋月を襲った」

「ですが、検死官の報告で死因は心臓発作と判明いたしましたのに、閣下！」

狄《ディー》判事がかぶりをふる。

「そうとは言い切れん。偶然などは信じんのでな、馮《フェン》さん。ふたつの事件はあまりにも似すぎている。かつてひとりの花魁とその未知の男がかかわったからには、三十年後に別の花魁とかかわるようになってもふしぎはない」馮戴《フェンダイ》に鋭い視線を投げ、さらに、「それに秋月の死といえば、あの女のことでは、知っていることをすべて話してくれたわけではないという気がするのだがな、馮《フェン》さん？」

かけねなしに肝をつぶしたらしい顔つきで、里正がまじまじと見る。

「どんなささいなことでも、存じていることはすべて閣下にお伝えいたしました！」と声を高める。「あの女の件で手前があえて触れたくなかった話といえば、つかの間に終わった羅《ルオ》知事さまとのおつきあいだけでございます。ですが、閣下はご自身でさっさと気づいてしまわれました！」

「まさにそうだった。さて馮《フェン》さん、これから念には念を入れて、とるべき処置を考えてみる。今のところ、言えるのはそこまでだな」

立ち上がり、馮《フェン》の案内で門に出た。

15

見かけによらぬお手並で
刺客の群れを手玉にとる

狄《ディー》判事は紅堂楼《こうどうろう》の藤棚で待つ馬栄《マーロン》を見つけた。開口一番に、

「すこぶる耳寄りな話を聞いたぞ、馬栄《マーロン》。過去すなわち三十年前の陶匡《タオクワン》殺しにまつわるいろんな問題がまとめて解けそうだ。すぐ凌《リン》さんに会いに行かねば。陶匡《タオクワン》殺しの下手人に心当たりがあるかもしれん。秋月に手をくだしたのがだれかも、それでわかるというものだ。私は……」鼻をひくつかせる。「やけに臭うな！」

「おれもそう思いました。茂みの根かたに動物の死骸でも

あるんじゃないですか」

「入ろう、着替えねば」

いっしょに居間に入る。両開きの扉は馬栄《マーロン》が閉めた。着替えに手を貸しながら、「来る前に、あの若い詩人の賈玉波《チアユウボウ》に一杯つきあってきました、閣下。蟹やんと小蝦どんがにらんだ通り、あの老いぼれ骨董屋はほんとに博士とぐるになって馮戴《フェンダイ》をはめようとたくらんでたんです」

「かけてくれ、賈《チア》のことば通りを聞きたい」

馬栄《マーロン》が話し終えると、判事はわが意を得たりとばかりに、

「それだな、温　元《ウエンユアン》が隠していたのは。言ったろう、何か隠しているという感触がはっきりあったのだ。お上が見たら黙っていないような文書をなにか箱に入れ、賈《チア》を使って馮《フェン》の屋敷に隠させる気だったのかもしれん。そうしておいて訴え出るつもりだったのだろう。だが、さして気にするまでもあるまい、頓挫したんだから。さて、つい今しがた馮親娘《フェンおやこ》とじっくり話してきた。どうやら博士は自殺ではなかったらしい。殺されたのだ」

「殺されたんですか、閣下？」

「ああ。ふたりの話はこうだ」

庭のあずまやでの会話をかいつまんで副官に話したところ、不承不承ながら馬栄《マーロン》は思わずうなった。

「なんてえ女だ！　あの詩人のやつよくぞ言った、神経過敏とはな！　これでよくわかりましたよ、賈《チア》がいまいち乗り気じゃなかったわけが。あんなのを嫁にしたら、それこそ災いの種をしょいこむようなもんだ！　それも山ほど！　じゃ、博士の事件は決まりですね」

判事がゆっくりかぶりを振る。

「そうはいかん、馬栄《マーロン》。喧嘩の場数はふんどるな、ひとつ教えてくれ。玉環は襲われて、右手の小刀で相手の右頸動脈を切った。よくあることか？」

馬栄《マーロン》が口をへの字にする。

「よくあるかといわれれば、違います。でも、絶対ないとはいえません。抜き身の小刀をはさんで人間ふたりがもみあえば、そりゃ、ひょんなことにもなりますからね！」

「なるほど。その点は確かめておきたかった」しばらく考えて言った。「結局のところ、私はここにいたほうがよさそうだ。こういった事実関係をひととおり整理しとかんと、凌《リン》さんに的確な質問ができんからな。蟹やんに道案内を頼んで、凌《リン》さんのあばらやを下見してきてくれ。戸は叩くな、場所を指さして教えてもらえばそれでいい。いったん迎えに戻ってくれ、それからいっしょに行こう」

「その場所なら、ひとに頼まなくてもわけなく見つかりますよ、閣下。浮き桟橋向かいの河岸あたりだってわかってますから」

「いや、あの辺であちこちたずね回るようなことはしたくない。下手人があたりにおるかもしれんのだから。そいつの素姓をつきとめる糸口はたぶん凌《リン》さんだけだろう。その身を危険にさらしたくない。ゆっくりでかまわん、私はここで待つ。考えごとが山ほどあるのでな！」

　そう言うとまた上衣を脱ぎ、卓上に帽子を置いて長椅子に横になった。茶卓を判事の手近によせておいて、馬栄《マーロン》が部屋をさがった。

　まっすぐ例の大賭場に出向いた。もう午後も遅いから、蟹やんと小蝦どんは起きて家を出ただろうとふんだのだ。やはり二階にいた。にこりともせずにあちこちの卓を見張っている。

　頼みを言い、さらに、「どっちか連れてってくれるんだろ？」

「ふたりで行く」と、蟹やん。「ふたりでひと組だからな、おれと小蝦どんは」

「おれたち、出て来たばかりだ」小蝦どんが述べる。「だが、ちょいと脚を動かしゃ身体にいいかもな、だろ、蟹やん？　それに、ひょっとしたら、せがれが河から戻ってきてるかも。支配人に言って、交代の都合をつけてくるよ」

　小男は階下におり、蟹やんのほうは馬栄《マーロン》と露台に出た。何杯か飲んだところで小蝦どんが戻ってきて、手はずはついた、一時間ばかり代わってもらえるという。

　三人で連れだって通りのにぎわいを西へぬける。まもなく、行商人や人夫のたむろする静かな裏路地を通り過ぎた。いちめん草深い空き地に出ると、馬栄《マーロン》が不審げに、「よりにもよって、あんまりにぎやかなご近所さんじゃないんだな！」

　空き地のむこうにこんもりとかたまった、ひときわ高い木々を蟹やんがゆびさした。

「あのさきだ」という、「すごくいいとこだぜ。大きないちいの木蔭にある小屋が淩《リン》さんちだ。そのずっとさき、水辺の柳並木のそばがおれらんちだ。この空き地はにぎやかじゃないかもしれんが、おかげで大通りの騒音がうちまで来なくてすむ」

「家ぐらいは静かなのがいいよな」小蝦どんがつけくわえる。

　蟹やんが先に立って木立の狭い抜け道にはいった。ふいに小枝が折れる音がして、男ふたりが茂みからおどりでた。ひとりが蟹やんの腕をつかみ、もう一人が棍棒で背筋が寒くなるような一撃を心臓の急所にみまった。さらに頭を狙って棍棒を振りあげたところに、馬栄《マーロン》がとびこんで顎に拳を叩きこむ。そいつはうめく蟹やんと折り重なって地面にずり落ちた。二人めのごろつきに向く、が、相手はもう長剣を抜いている。間一髪でうしろにさがり、胸めがけた突きをかわした。そのとき、さらに四人あらわれた。三人はてんでに抜き身の剣をさげ、四人めが短槍をかかげて叫ぶ。

「押し包んでぶった斬れ！」

　こいつはちょいと面倒だぞと馬栄《マーロン》はとっさに思った。のっぽの悪党にとびかかって、槍をもぎ取るのがまずは上策だが、それより小男を逃がさんことには。四人の剣を、まして槍まで相手にして、はたしてひとりで持ちこたえられるか自信のほどはおぼつかないが。槍の柄を狙った蹴りが決まったが、のっぽは手を離さない。肩越しに、馬栄《マーロン》は小蝦どんにどなった。

「助けを呼びに走れ！」

「どけどけ！」背後で小男が金切り声を上げた。馬栄《マーロン》の股をくぐり、槍の悪党めがけて突進する。槍でねらいをつけ、一味のかしらがほくそえむ。飛び出して引き戻そうにも、小男をかしらに任せて剣のやつらがかかってくる。馬栄《マーロン》が頭への一撃をよけたそのとき、小蝦どんが両手をぐいと突き出した。それぞれの手に、卵大の鉄球が細い鎖でぶらさがっている。槍の男はのけぞって、飛んでくる鉄球を必死で払いのけようとした。馬栄《マーロン》の敵がいっせいに向きをかえて助けに行く。だが、小蝦どんは四方八方に目がついているらしく自在に鉄球を舞わし、手近な剣の使い手の頭蓋骨に片方をぶちこんだ。また向きを変え、もう一方でかしらの肩を砕く。あとのふたりが剣で刺そうとしたが、そうは問屋がおろさなかった。小蝦どんは信じられない速さで踊りまわって白髪を風になびかせ、小さな両足は地面に触れもしない。唸りをあげる鉄球を周囲にめぐらし、剣をも通さぬ死の壁を作っている。

馬栄《マーロン》はあとずさり、息を呑んだ。これこそ折にふれてはひそやかに語られる、かの武術秘伝錘術《すいじゅつ》だ。小蝦どんは細い二の腕に巻きついた皮ひもに鎖をつなぎ、長さは手で加減している。左手の鎖をちぢめてまた剣の使い手の片腕を砕き、右手の鎖いっぱいに鉄球を飛ばした。それが三人めのごろつきに命中、鉄鎚さながらに顔面を砕いた。

一味でまだ立っているのはふたりだけだ。ひとりが左の鉄球を剣でとらえようと悪あがきし、もうひとりは逃げようと背を向けた。馬栄《マーロン》が飛びかかろうとしたが、出る幕はなかった。小蝦どんが右の鉄球を飛ばしていやな音とともに背骨を砕き、うつぶせで地に沈めた。同時に、左の鎖が怒った蛇のように刃先めざしてひとりでに巻きつき、最後の剣を封じた。小蝦どんがぐいとたぐりこみ、片手の鎖をちぢめてこめかみに鉄球をぶちこむ。それで一巻の終わりだった。

馴れた手つきでひょいひょいと片手ずつ鉄球をつかまえ、鎖を二の腕に巻きつけて袖をかぶせる。そちらに近づく馬栄《マーロン》の背後で、ふいに陰気な声が低くひびいた。

「またねじれた！」

蟹やんだった。ぐったりとのしかかった棍棒の男の上半身を押しのけ、いまは木の幹に背をあずけて座っている。うんざりと繰り返した。「またねじれた！」

小蝦どんがふりむいてつっかかる。

「ねじれてねえよ！」

「ねじれたよ！」蟹やんはびくともしない。「はっきり見たぞ、ひじを使ったろう。最後に打った短鎖《たんさ》がそれでだいなしだ」厚い胸をさする。他の男ならあの一撃でまちがいなくおだぶつだが、さしてこたえたようすもない。さっさと立ち上がり、地面につばを吐いて続ける。「ねじれちゃよくない。手首を利かさにゃ」

「ねじれたら、ななめに当たるじゃねえか！」小蝦どんが憤慨する。

「手首を利かさにゃ」蟹やんが無表情に言う。棍棒の男にかがみこんでつぶやく。「惜しい、こいつの喉をちっと強くひねりすぎた」かしらに近寄る。生きているのはこいつだけだ。倒れてあえぎ、血の流れる左胸に両手をあてている。「誰に頼まれた？」蟹やんがたずねる。

「お、おれ……り、李《リー》が……」

口から血があふれだし、息がつまった。小刻みに全身をひきつらせ、動かなくなる。ほかの死体を馬栄《マーロン》が調べる。手放しで感心して言った。

「すげえよ、やるじゃねえか、小蝦どん！　どこで習ったんだい？」

「おれが鍛えた」蟹やんが静かに言う。「十年間、一日も休まずに。毎日、毎日、根気よくやらせてる。さて、ここから家は目と鼻の先だ、ちょいと一杯やって行こうぜ。残りの仕事はあと回しだ」

みんなでそのまま歩いたが、小蝦どんはまだむくれてぐずぐずしている。馬栄《マーロン》があきらめきれないようすで蟹やんに頼みこむ。

「おれもあれ習っちゃだめか、蟹やん？」

「だめだ、おまえさんやおれみてえな図体のやつは不向きだ。どうしても鉄球に力をこめちまうだろ、それがいかん。勢いにのせ、あとは動きにまかせてちょっと方向に手を添

幻の秘伝、錘術《すいじゅつ》

えてやるぐらいでねえと。専門用語でいえば懸空平衡ってやつだな、ぶんぶんまわるふたつの鉄球の間にそのまんまぶらさがるだけだから。こいつは小柄で目方の軽いやつじゃないと無理だ。どのみち、ひじを伸ばせるゆとりのある、ひらけた野外でないと使えん技でな。室内の戦いはおれ、外で戦うのは小蝦どん。ふたりでひと組なんだよ」高いいちいの木にもたれ、傾いて板があちこち割れた小さなあばらやをさりげなく指さして言う。「あそこのあれが凌《リン》さんとこだ」

　ちょっと歩くと柳並木がならぶ河っぷちに出た。ひなびた竹垣の奥に、かやぶき屋根に白いしっくい塗りの小さな家があった。蟹やんが馬栄《マーロン》を連れて家の裏手に回り、かぼちゃのつるがいちめんに伸びた手入れのいい畑に連れて行き、軒下の縁台にかけさせた。そこからは、柳並木のかなたに見わたすかぎり水面がひらけている。のどかな周辺を見回すうち、ふと高い竹棚に目がとまった。かぼちゃが六つのせてある。棚の高さはどれもまちまちだ。

「ありゃ何にするんだ？」不思議そうにたずねる。

　蟹やんが、まだ目をいからせて裏手に回ってくる小蝦どんに向いた。大声で、

「三番！」

　電光石火、小男の右手が突き出されるや鎖が音をたて、三つめのかぼちゃを打ち砕いた。

　蟹やんがのっそり立ち上がり、半分砕けたかぼちゃを拾い上げて大きなてのひらに載せた。小蝦どんが熱心に寄ってくる。黙って二人でそのかぼちゃを調べる。蟹やんがかぶりをふって放り投げた。非難の目で、

「やっぱりな！　またねじれた！」

　小男の顔にみるみる血がのぼった。憤慨してねじこむ。

「中心を半寸それたぐらいで、ねじれたって言うか？」

「ひどくじゃない」と、蟹やん。「だが、ねじれはねじれだ。ひじを使ったたな。手首を利かさなきゃだめなんだ」

　小蝦どんがぐすんと鼻を鳴らす。ふと河に目をやり、こう言った。「せがれのやつ、しばらく戻ってこねえな。お

れ、飲むもんとってくるよ」

家のなかに入り、蟹やんと馬栄《マーロン》はさっきの縁台に戻った。馬栄《マーロン》がまた腰をおろしながら声をあげる。「なあんだ、練習用の的だったのか！」

「ほかにかぼちゃを植える理由なんか思いつくか？　一日おきに六個ずつすえつけとくんだ。大きさも高さもまちまちにしてな」肩越しに振り向き、小蝦どんの耳に届かないのを確かめておいて、ぼそりと馬栄《マーロン》に耳打ちした。「うまい。立派なもんだ。でも、ああ言わんとすぐだらける。短鎖は特にいかん。おれが気をつけといてやらにゃ。友達だからな」

馬栄《マーロン》はうなずいた。しばらくしてたずねる。

「せがれは何してんだい？」

「さあ、とくにやってねえな、おれの知るかぎりじゃ」蟹やんの口ぶりは重い。「死んじまったんでな。すくすく育ったいい若いのだった、あのせがれは。小蝦どんはそりゃ自慢にしてた、おっそろしく自慢してた。で、四年前のことだ。あの子は小蝦どんのかみさんと一緒に釣りに出た。そしたら河のど真ん中で戦船《いくさぶね》にぶつけられておぼれちまった、ふたりともだ。それから、小蝦どんはせがれの話が出るたびにおいおい泣きはじめた。そんな男と仕事なんかできゃしねえだろ？　おれもほとほと手を焼いて言ってやった。〝小蝦どん、おめえのせがれは死んじゃいねえ、ここんとこ見てねえだけだ。たいがい河に出てるからな〟小蝦どんは合点した。かみさんのことは何も言わなかったよ、おれにも限度ってもんがある。何しろ、めったやたらときつい女だった」蟹やんはため息をついた。頭をかいて続ける。「それで、小蝦どんに言ってやったんだ。〝夜番にしようぜ。そうすりゃ、せがれが午後に戻ってきたら顔を見るおりだってあるさ〟小蝦どんはそいつも合点した」広い肩をすくめて、蟹やんがしめくくった。「むろんせがれは二度と戻っちゃこねえ。だがな、小蝦どんには楽しみってもんができたわけだ。それに時々はおれがせがれの話をしてやるのさ、鼻をぐすぐす言わせねえようなやつを」

小蝦どんが大きな酒つぎひとつ、素焼きの杯を三つそえて家から出てきた。ぴかぴかに磨き上げた卓上に並べてから、自分も腰をおろした。さっきの大立ち回りの首尾を祝ってみんなで乾杯する。馬栄《マーロン》は舌鼓をうち、蟹やんにおかわりを注いでもらった。それからたずねる。

「あのごろつきどもに見覚えあるか？」

「ふたりほどな。河向こうの盗賊一味だ。十何日前、馮《フェン》の飛脚を襲おうとした。おれと同役が護衛についてて三人しとめた。あのふたりはその時逃げ、今度はつかまったのさ」

「いまわのきわに吐いたあの李《リー》ってな誰だ？」馬栄《マーロン》がさらにたずねる。

「この島に李《リー》ってやつは何人いるかな？」蟹やんが小蝦どんにたずねる。

「二百人だ」

「聞いたろ」蟹やんが馬栄《マーロン》に出目をすえて言う。「二百人だ」

「大して役に立たねえな」馬栄《マーロン》が述べる。

「連中の役にも立たねえな」蟹やんが淡々と言う。それから小蝦どんに「河は夕暮れ時がいいなあ。もっとちょいちょい夜にいられないのが惜しいよ」

「のどかだなあ！」小蝦どんはうれしそうだ。

「いつものどかじゃねえだろうに！」馬栄《マーロン》が腰を上げながら言う。「さて、おまえさんたちはさっきの現場を調べてきたいだろ。おれのほうは凌《リン》さんちのありかを判事殿に復命せんとな」

「凌《リン》さんがうちにいればな」蟹やんが言う。「けさの明け方、通りすがりにあかりがついてたぜ」

「目が見えねえんだから、あかりはお客があるってこった」小蝦どんが言い添えた。

馬栄《マーロン》はふたりのもてなしに礼を言い、しだいに濃くなる夕闇の中を歩いて戻った。凌《リン》さんのあばらやで、ふと足を止める。灯はなかった。人の気配はまったくないようだ。戸を開けて、竹の長椅子ひとつしかない薄暗い室内をすばやくうかがう。誰もいなかった。

16

老妓の行方は消えうせて
息子の形見はいまに遺《のこ》る

判事は紅堂楼《こうどうろう》の裏にいた。藤棚の欄干ぎわで、梢の花ちょうちんに火を入れる園丁たちを眺めていた。さっきのできごとを報告した馬栄《マーロン》が最後に、

「首尾から先に言えば、凌《リン》さんちのありかはきちんとわかりました。でも、留守でしたから行ってもしかたありません。少なくとも今はそうです。たぶん、お客に連れられてどこかに行ったんでしょう」

「でも、あんな身体で！」狄《ディー》判事が声をあげる。「客がいたという話は気にくわんな。知るべはあの友人ふたり組と

銀仙という妓《こ》だけかと思っていたのに」心配顔で口ひげを引っぱる。「その襲撃で命を狙われたのはおまえでなく、蟹やんと小蝦どんだというのはたしかか？」

「むろんあいつらですよ、閣下！　おれがまさかあっちにいるなんて、あのごろつきどもに何でわかります？　仲間三人のかたきうちに蟹やんを待ち伏せてたんです。十何日か前に飛脚を襲って返り討ちにあったやつらですよ。小蝦どんのことは知りませんでしたしね！」

「本当にそうだとすれば、おまえの友人ふたりがいつも昼日中は寝ていて、戻りは夜明けがたになるという事実はきっと承知の上だな。もし、たまたま凌《リン》さんのあばらやへ案内を頼まなければ、夕方から夜通しあそこで待ち伏せするはずだったわけか！」

馬栄《マーロン》が肩をすくめる。

「それくらいは覚悟してたんじゃないですか！」

つかのま考えこんだ狄《ディー》判事が、またもや宴たけなわらしい向かいの料亭をじっと眺めた。ため息まじりにふりむいて、「一日あれば、羅《ルオ》知事の用には充分だと昨日言ったのは、われながら早計のいたりだった！　さて、今晩は顔を出さなくてよろしい、馬栄《マーロン》。もう行って、夕飯のあとで少し羽をのばしてくるがいい。あすの朝飯後にここでまた会おう」

馬栄《マーロン》がさがると判事はうしろ手に組んで、藤棚の下を行きつ戻りつしはじめた。胸騒ぎがしたので、一人だけ自室で夕飯にするのはどうも気乗りしない。なかで質素な青衣に着替えて黒の小帽をかぶり、永楽館の正門から出かけた。賈玉波《チアユウボウ》の宿の玄関前にさしかかって、ふと足を止めた。あの若い詩人を夕飯に誘いがてら、馮《フェン》里正への温《ウェン》の奸計についてもっと詳しく聞きだすのもよかろう。博士はどうして急にあの計画を取りやめる気になったのだろうか？　馮《フェン》の富を手中にするには娘を力ずくで妻にしたほうが話は簡単で、しかも骨董商に分け前をやらずにすむとでも思ったのだろうか？

入ってみた。だが、宿のあるじによると、詩人は昼食後に出かけたきりだという。「それにこないだ、あたしから銀一粒お借りになったまんまなんですよ！」と、しぶい顔をする。

　宿のおやじをそのままにして出ると、判事はまっさきに目についた料亭に入った。簡単な食事をすませ、二階の露台で食後のお茶にする。欄干べりの席から、路上の雑踏を漫然と眺める。通りの角にすえつけた供物台で、若者の一団が供物の鉢を追加している。狄《ディー》判事は指折り数えた。あくる七月三十日で盂蘭盆があける。そしたら紙の模型その他の供物は火にくべる。あの世の門が開くのも今宵限りだ。

　椅子の背にもたれ、悩むあまり唇をかむ。やっかいな難事件にぶつかったことは前にもあるが、そのときはせめて仮説を組み立てたり、見込みのありそうな容疑者をよりだすに足るだけの材料はあったものだ。だが、いまの状況はさっぱり見当もつかん。三十年前の陶匡《タオクワン》殺しと、秋月の死に手を下した下手人はまず同一人物とみていい。それでこんどは凌《リン》さんも消されたのか？　懸念に顔が曇る。凌《リン》さんの失踪と、馬栄《マーロン》やふたり組が襲われた事件はつながりがあるという感じを捨てきれない。そして、未知の下手人の手がかりといえば、五十歳にはさしかかっており、楽園島に住んでいるか深いつながりがある、それしかわからない。博士の件さえ完全に解けたとは言えない。玉環の話で殺したときのようすはわかりやすくなったようでいて、博士と秋月の関係は謎のままだ。ふたりが親密な関係をどこで結んでいたか誰も知らないというのはどうもおかしい。ただの色恋以上のものが何かあったにちがいない。身請けする気があったのは本当だ。だが、玉環への執心ぶりをみれば、秋月の身請けを決意させたのは普通の色恋というより、何か口外できないわけでもあったのではなかろうか。脅しか？　わびしげにかぶりを振る。博士と花魁のどちらも死んでしまった今となっては、あの謎は解きようがない。

　だしぬけに腹を立て、独りでぶつぶつ言いだした。われながら見当はずれもいいところだ！　長身美髯のだんなが我を忘れてひとり怒るさまに、隣の卓から好奇の眼が集まるが、判事のほうは気づきもしない。がたんと席を立ち、勘定を済ませて階下におりた。

賈玉波《チアユウボウ》の宿を過ぎて左に折れ、竹垣ぞいに小さな門に出た。半開きで、脇柱に「立入禁止」の一札が出ている。

押し開けて、手入れの行き届いた小道をたどって高い木立を縫うように進む。枝葉の茂りが通りの喧騒をさえぎる。大きな池のほとりに出ると、妙にしんとしていた。朱塗りの太鼓橋が優雅な曲線を描いている。鳴き板を踏んで渡ると、蛙がおびえて何匹も暗い水に飛びこんだ。

向こう岸に急な階段があり、のぼりきると風雅なあずまやに出た。太い柱に支えられ、地上より五尺ばかり高くなっている。平屋建てだが、とんがり屋根は歳月を経て緑青《ろくしょう》をふいた銅葺きだった。

狄《ディー》判事は露台に出た。頑丈な玄関扉にさっと目を走らせたのち、あずまやの周囲を回る。八角形をしていた。裏手の欄干べりに立ち、頼りない園内の灯で賈《チア》の宿の裏庭と永楽館の脇庭を見おろす。紅堂楼《こうどうろう》の藤棚に出る小道もおぼろに認められた。振り返り、裏口をつぶさに調べる。馮戴《フエンダイ》の印影つき封印紙が真鍮の南京錠に貼ってあった。扉の厚みは玄関ほどではなさそうだ。肩を当てて押したとたん、すごい勢いで開いた。

暗い広間に入り、手さぐりで脇卓のろうそくを探しあてた。脇にあった火口箱でともす。ろうそくを高くかかげ、贅沢なしつらえの玄関広間を見回し、ついで右手の小さな居間にすばやい一瞥をくれた。広間の左手は脇部屋、竹の寝椅子ときしむ竹卓をひとつずつ置いてあるだけだ。その奥の手洗いと小さな台所で女中の住まいだとすぐわかる。

出てくると、向かいの広い寝室に入ってみた。奥壁ぎわに、黒檀彫りの巨大な寝台があり、刺繍した薄絹の垂れ幕がさえぎっている。凝った紫檀彫りに真珠貝の螺鈿をはめこんだ円卓が手前にあった。二人でお茶を飲んだり、水入らずの夕飯にも使っていたはずだ。強いなごり香がただよっていた。

狄《ディー》判事は片隅の大きな鏡台に近づいた。磨いた銀の丸鏡や、死んだ女がおしろいや軟膏を入れていた色磁器の壷や箱の列をざっと見渡し、つぎに三つのひきだしにかかった南京錠をつぶさに調べる。花魁が書き物や手紙をしまっておくとしたら、その場所だ。

いちばん上のひきだしは、南京錠に鍵がかかっていなかった。開けてはみたが、しわくちゃに丸めた手巾《ハンカチ》、いやな臭いの脂がべったりついた簪が数本あるだけだった。あわてて閉め、次に行く。今度の南京錠も留め金がゆるくなっていた。なかみは妓女が閨房で使う品々であった。乱暴に閉める。三つめは厳重に鍵がかかっていたが、南京錠を力まかせにぐいと引っ張ると、留め金まわりの薄い木部が裂けとんだ。満足げにうなずく。手紙や名刺、使用も未使用も含めた封筒、領収書や白紙のままの便箋がぎっしり入っており、しわくちゃにしたり、脂でべとべとの指あとや臙脂で汚れたものもあった。見るからに、花魁はあまりきちょうめんではなかったようだ。ひきだしごと、さっきの円卓に運んで中身をあけた。椅子を引き寄せ、書類をえり分けにかかる。

予感はまったく外れかもしれないが、確かめてみなくては。白鶴楼での宴のあいまに、花魁が何の気なしに話していた。博士が別れの贈り物に封筒入りの小瓶をくれた、どんな香かとたずねてもただ「宛名をよく確かめるんだね」というばかりであったと。香のことで頭がいっぱいでその前を聞き流し、最後だけが頭に残り、てっきり香瓶にまつわる洒落だと勘違いしていてもふしぎはない。だが、答えよりなにかの指示に思える。香瓶の封筒に同封していた別のものに関する指示だ。博士が第三者に届けてほしかった伝言か手紙かもしれない。

開封済みの手紙や名刺を丹念に床に払い落とした。探しものは未開封の封筒だ。やがてみつかった。前に身を乗り出し、ろうそくを近づける。封筒はかなり重みがあり、宛名書きはないが、りっぱな力強い書で詩が四行あった。読んでみると、

かたみに残す香気の儚《はかな》さ
うまし共寝の淡さを含み
今を限りと徒然《つれづれ》なる記憶《とき》
かの紅唇《くちびる》の色にとどめよ

小帽をずらしてまげどめを抜き、用心しいしい封筒に差しこむ。象牙栓のついた平たい琅玕《ろうかん》彫り小瓶を振り出した。それから、一緒に落ちてきたひと回り小さな二番めの封筒をいきおいこんで取り上げた。厳重に封をしたうえ、やはり博士の筆になる宛名書きで「前諫議《かんぎ》大夫《だいぶ》他歴任進士李魏挺《リーウエイジン》閣下御中」

開けてみると走り書き一枚だった。碩学らしく簡明な短い手紙だ。

父台膝下
豚児不肖にして父君の不撓不屈なる鋼の志を持つ能わず、未来に直面するを得ず。高みに登りつめたる今を一期に去らざるを得ず。温元《ウエンユアン》には続行不可なる旨すでに知らしめ、適正なる措置を講ずべく後事を託したり。
面語にては父君の厳正なる御意に適わざるを恐れ、敢えてここに一書をしたため、妓女秋月をして膝下に齎《もたら》しむ。傾国の美妓にして、豚児が末期数日に生彩を添えたり。
七月二十五日　盂蘭盆会にて
愚息璉《リエン》三拝

狄《ディー》判事がけげんそうに眉根をよせて座りなおした。文体は簡潔だが、書き手の意図を正しく読み取るのは容易でない。

前半部分では、李《リー》前諫議《かんぎ》大夫《だいふ》、息子の博士、それに骨董商の温元《ウエンユアン》が何かの奸計の一味であったが、博士は土壇場でやりとげる度胸や意志力に欠けると自覚し、父の意にそえぬ不肖の子としてみずから命を絶つしか道はないと思いつめたらしい。だが、それはつまり、里正を陥れる程度のちゃちな企てではなかったということだ！　どのような大事を賭したか知るよしもないが、生死をうんぬんするからには国事であってもおかしくない！　あの悪辣な骨董屋をもういちど、必要とあらば法で定めた厳罰も辞さずに尋問せねばなるまい、そののち博士の父親を訪ねなくては。ぜひとも……

額の汗をぬぐう。室内は耐えがたいほど暑くなり、ろうそくの煙がいやなにおいをさせる。ざわついた心気を静めた。あまり先走り過ぎてはなるまい。まずはできごとをはじめから通して再現してみなくては。いったんは決心して花魁に封筒を渡した博士だが、けっきょく自殺しなかった。みずから命を絶つはずが、その前に娘を手ごめにしようとして殺されたのだ。判事は卓上に拳を叩きつけた。こんなばかな！　みずから死のうと思い定めた男が、娘を犯そうとするだと！　そんなことがありうるなど断じて認めん！

だが、その手紙がにせもののわけがない。それに博士は実際に計画を取りやめた、馬栄《マーロン》に賈玉波《チアユウボウ》が述べた話が裏づけになる。また、預かった手紙を秋月が送らなかったのも、いかにもあの女らしい。博士とのつながりがどんなものであったにせよ、死んだとたんに早くも次なる獲物に心が移っていた、つまり遊び人の羅《ルオ》同僚どのだ。封筒は未開封のまま、ひきだしに放り込んできれいに忘れてしまった。その晩の宴で羅《ルオ》に逃げられ、死んだなじみ客を惜しむ気にさせるまでは。つじつまのあう事実もあるが、そうでないものもある。広い袖の中で腕組みした。太い眉をよせてみけんに深いしわを刻み、長の歳月に代々の花魁たちが選ばれた情人たちと歓楽にふけった贅沢な寝台をにらみつける。

べつの寝室、つまり紅堂楼で起きた三人の死にまつわる人間模様をふたたびなぞってみる。馮戴《フェンダイ》と娘の玉環の話を一言一句たがえずに思い出そうとする。また、温元《ウェンユアン》の部分的な告白と馬栄《マーロン》が聞いてきた追加情報も。博士が自殺の当日に娘を手ごめにしようとしたなどという荒唐無稽な話はさておき、死にまつわる状況は充分に説明がつく。馮《フエン》の娘が誤って殺してしまったあとで、父親が自殺に見せかけた。博士の手と顔のひっかき傷は馮《フエン》の娘によるもの、説明がつかないのは首の腫れだけだ。秋月の死についていえば、二の腕のひっかき傷は銀仙が花魁の手ひどい折檻を避けたはずみだった。あの場合、説明がいまだにつかないのは喉の青あざだけだ。説明のつかないそのふたつがもし結びつけば、紅の間の謎が解けるだろうという気が漠然とする。

するど、見込みがありそうな説明がふと浮かんだ。席をとびたち、行きつ戻りつしはじめる。しばらくして、大きな寝台の正面に棒立ちになった。そうだ、こんどこそ読めた！　なにもかも筋が通る、力ずくで手ごめにしようとしたことや、馬栄《マーロン》を武装した賊が襲ったことまで！　紅堂楼の秘密は口にするのもおぞましく、紅絨毯の上で白い素裸をさらした妓女の死体を見つけたあとの奇怪な悪夢より身の毛がよだつ。ふいにぞっと身震いした。

花魁のあずまやを出て、判事はまっすぐ永楽館に足を向けた。帳台に立ち、紅い公用名刺をあるじに渡す。政庁代理からだといって里正屋敷にすぐ届けさせ、一刻も早く馮戴《フエンダイ》と娘に会いたいとあわせて伝えるよう命じた。

紅堂楼に戻ると、藤棚に出た。欄干から身を乗り出し、植え込みや下草を念には念を入れてひとしきり目で探る。

それから居間に戻って両開きの扉を閉めた。かんぬきをかけておいて、窓のよろい戸もおろした。茶卓についてから部屋を閉め切っては非常に暑くなると気づく。だが、このさい運に任せてなどいられない。下手人はやぶれかぶれで血も涙もないやつだと、今ではわかっているのだから。

17

侠気《おとこぎ》ゆたかに兄と慕われ
ふところ寒く夜《よ》をしのぐ

馬栄《マーロン》は麵店で豪勢な夕飯をおごり、仕上げに強い酒を大きいので二本あけた。陽気な鼻歌まじりで、妓坊さしてのんびり歩く。すっかりお祝い気分だった。

「上品《じょうほん》四番」の標識の戸口を開けたやりてが目をとがらせる。

「今度はいったい何だってのさ？」

「妓女の銀仙に用だ」

階段口に案内しながら、やりてが不安がる。

「あの妓《こ》のせいで、うちまで面倒に巻き込まれるんじゃなきゃいいけど？　今日の午後に検番から使いが来てね、あの妓《こ》、身請けされたんだって。でも、いい話だよってあたしが伝えてやったとたんに、まあ震え上がっちゃってねえ。これっぽっちも喜ばないんだよ！」

「ま、おれがひきあげるまで待ってみな！　わざわざ上までこなくていい、部屋はわかるよ」

狭い階段を上り、銀仙の名札が出た戸口を叩いた。

「ぐあいが悪いの、誰も会わないからね！」銀仙の声が叫んだ。

「おれでもか？」馬栄《マーロン》が扉越しにどなる。

とたんに勢いよく扉が開き、銀仙の手で中に引き込まれた。

「ああ、きてくれてよかった！」熱をこめて言うと、涙だらけの顔で笑いかけた。「何かとんでもないことが起きたの！　後生だからあたしたちを助けて、馬栄《マーロン》！」

「あたしたち？」と驚く。すると、寝台の上であぐらをかく賈玉波《チアユウポウ》の姿が目に入った。いつもの不景気面だ。何が何だかわからぬまま、妓《おんな》が押してよこした腰かけに馬栄《マーロン》は腰をおろした。若い詩人とよりそって寝台に座った銀仙が、堰を切ったように、

「賈玉波《チアユウボウ》はあたしと一緒になりたいんだけど、お金をぜんぶなくしちゃったの。それで、あのおっかない馮《フェン》のお嬢さんにまんまと釣り上げられちゃったの！　いつもこんな不運ばかりで、ほんとにかわいそうな人！」いとしげに若者を見る。「それで、とどめの一撃が今晩きたの！　考えてもみて、どこかのろくでなしがあたしを身請けしちゃったの！　なにかいい手が見つかるだろうってふたりでずっと思ってきたわ、でももうおしまいよ！　あんた、政庁の士官なんでしょ？　だったら、知事さまになんとか口きいてもらえない？」

馬栄《マーロン》は帽子をずり上げ、のろのろと頭をかいた。うろんな目で詩人を見る。

「一緒になるのどうのって、いったいどういうことだ？　まずは都へ行って、試験に受かってお役人だかになるほうが先だろ？」

「めっそうもない！　あんな計画、もとから大まちがいでした。つい魔がさして大それた高望みをしちまったんです。いえいえ、ぼくとしてはどこか田舎に小さな家をかまえて、詩でも書きながら気の合う女と暮らせれば、ほかに望みはありません。だいたい、ぼくがいい役人になるなんて思えないでしょ？」

「思えん！」馬栄《マーロン》が絶対の自信を持って言い切った。

「まったくその通りを、おたくの上役にわからせてもらいましたよ！　そう、あなたにもね。ああ、金さえあればなあ、このすてきな妓《こ》を身請けして、どこかこぢんまりしたうちに落ち着くのに。毎日のおまんまと、たまにささやかな酒でも稼ぎ出せればそれでじゅうぶん。それくらいの金、ぼくが村塾の先生になればいつでも稼ぎ出せますよ」

「先生！」馬栄《マーロン》が叫んで身震いする。

「あら、このひと、最高の先生よ！」銀仙が自慢する。

「すっごく難しい詩を、あたしにもわかるように教えてく

れたの。そりゃあ、がまん強いんだから！」

馬栄《マーロン》はふたりに思案の目を向けた。

「そうだな」ゆっくり言う。「いま思ったんだが、おまえたちふたりに何かしてやれそうだ。あのな、詩人さんよ、ひとつ約束しちゃもらえんか。この妓《こ》を故郷《くに》に連れ帰って、そこできちんと嫁にしてやってくれるかい？」

「もちろん！　でも、何の話をしてるんですか、きみ？　今日の昼に忠告してくれたばかりでしょ、馮《フエン》のお嬢さんを嫁にして、それから……」

「はっ！」馬栄《マーロン》があわてて大声でさえぎる。「あんときゃ、おまえさんの気持ちをちょいと試したまでよ、お若いの！　おれたち政庁の士官てのはな、考えが深えんだ！　いつだって、おまえさんが思うよりずっといろいろ知ってるんだよ！　こいつとあんたの仲はもちろん、とうから知ってたさ——この妓《こ》の気持ちも試したんだな、いうなれば。ところでおれはここの賭場で大勝ちしてな。故郷《くに》の女じゃあるし、おまえさんを気に入ってるようだしするから、今日の午後にこいつを身請けしてやろうと決めたわけだ」あの領収書の束を袖から出し、銀仙に渡した。それから紅紙でくるんだおつりの銀も出して、包みごと若者にほうってやった。「それと、こいつは路銀と村塾をかまえる足しにでもしな。遠慮なんてするなよ、ばかやろう。金なんて、あるところにはあるんだよ！　じゃ、達者でな！」

立ち上がり、そそくさと部屋をでた。

階下の玄関に降りたところで、銀仙が後から追いついてきた。

「馬栄《マーロン》！」息をはずませる。「あんたって最高！　兄《あん》ちゃんって呼んでもいい？」

「おう、いつでも言いな！」気風《きっぷ》よく言ったあと、眉をしかめて言い足した。「時に、うちの判事どのがおめえの若いのにちょっと用ありでな。なに、たいしたことじゃねえと思うが、念のために明日の昼までこの島を出るなよ。それまでにおれから何も言ってこなきゃ、出かけちまってかまわんからな！」

戸を開けたが、女がさっと身を寄せた。「よかった、賈《チア》とあたしの仲をずっと知っててくれたなんて！　いましがた兄《あん》ちゃんが入ってきたときちょっと心配してたの、だって、王《ワン》の後家さんちであたしの気持ちを、そのう……試してたとき、本気かもしれないって、ちょっとだけ思っちゃったんだもん！」

馬栄《マーロン》が腹を抱えて笑った。

「おめえの頭でものなんざ考えるなよ、妹《いもうと》！　はっきり言っておれのことだ、本気ならきちんとやってるさ。いろんなお飾りごとってやつも手抜きせずにな！」

「んもう、なにさ！」両頬をふくらませてむくれる。

その尻をぽんと叩いてやり、おもてに出た。

通りをさまよいながら、驚いたことに、嬉しいとも悲しいとも自分で決めかねた。袖を振るとすっからかんだ。かろうじて銅銭が数枚みつかった。楽園島のいろんな娯楽にはとうてい足りない。園内をゆっくり散歩するかと思ったが、いかんせん頭が鉛のようだ。早めに寝た方がよさそうだ。はじめに目についた安宿に入り、手持ちの銅銭で一夜の宿を借りた。

長靴を脱ぎ捨て、帯を解いてありふれた板寝台に横になった。両隣のよた者どもは大いびきをかいている。頭の後ろで腕を組み、蜘蛛の巣だらけのひび割れた天井をにらんだ。

歓楽地の楽園島で夜を過ごすにしては、われながら妙な趣向だぜとふと思う。最初の晩は屋根裏べやの床の上、今度は銅銭五枚の板寝台か。「はじめに渡った、くそいまいましいあの還魂橋《かんごんきょう》のせいだな、きっと！」とつぶやく。それから決然と目をつぶり、自分に言いきかせた。

「眠れ、眠るんだ……兄《あん》ちゃん！」

18

里正は判事に釈明を試み
もつれた舞台裏を明かす

何杯かお茶を飲んだところであの老手代がしらせにきて、里正の輿が前院子に到着したという。狄《ディー》判事は席を立ち、廊下まで馮《フェン》と玉環を迎えた。

「夜分にご足労でした！」お客たちにきびきびと声をかける。「また新たにめぼしい事実が出たので。そのことで話し合えば、もろもろの懸案がだいぶすっきりするはずです」

居間に案内し、たってのすすめで玉環も茶卓に同席させた。馮戴《フェンダイ》の顔はふだんどおり読めないが、娘の大きな目には不安の色がある。狄《ディー》判事は手ずから客にお茶を注いでやり、それから馮《フェン》に尋ねた。

「この午後に、おたくの部下ふたりが賊の一団に襲われた話はごぞんじか？」

「伺っております。河向こうの一味のしわざでして、つい先ごろ起きた追いはぎ事件で、うちの特務巡査たちに三人殺された報復です。閣下の副官どのもご一緒だったと伺いまして、まことに申訳なく存じております」

「あの者なら心配無用、そういう喧嘩ざたには慣れている。むしろ買って出るほうだ」娘の方を向いてたずねる。「さて、記録ちがいを防ぐために、ひとつ教えて欲しいのだが、このまえの晩はどこからこの部屋に入ったのかな？」

閉まっている藤棚への戸口をちらりと見る。

「お目にかけましょう」と、立ち上がる。

扉へ向かおうとする娘の片腕をとらえた判事が言う。

「わざわざ席を立つまでもない！　園内から来たのなら、藤棚中央の大階段をあがったのだろう？」

「はい」とたんに父親の顔色が変わったのを見て、唇をかんだ。

「思ったとおりだ！」うむを言わさぬ口調で、「頼むからこういう茶番はやめてくれ、いいな？　この藤棚の階段は左右の端だけだ。ここに来たことはないな、お嬢さん。今日の午後に私がお父さんに質問したとき、博士がよからぬ興味を抱いていたとはじめに口に出したのがきっかけだ、死んだ晩にここでお父さんの姿が目撃されていたから。利口な娘だからその場で話をでっちあげ、ここで手ごめにされかけたので殺したと——何もかも父親を助けようとやったことだ」真っ赤になって涙を浮かべたのを見て、やや声を和らげた。「むろん、まるっきりの嘘ではない。実際に博士に犯されかかった。だが四日前ではなく、場所もこの居間ではない。すべて十日前、船の甲板で起きたことだ。進んで見せたあのあざは色がさめていた、そんな最近のものであるはずがない。あの男ともみ合った話も同じく眉唾ものだ。かりに襲いかかった相手の娘が小刀を握っていたら、大の男ならそのまま抱きすくめようとせず、力ずくで押さえつけてもぎ取るのがあたりまえだ。それに、やはり失念していたが、斬られたのは右頸動脈だ。殺人より自殺だとそれでわかる。だが、そういう細かい点はぬきにしても、まったく上手にお話を作ったものだといわざるを得んな！」

玉環がとたんに泣き出した。その姿を馮《フェン》が気づかい、それから疲れた声で言った。

「何もかも手前の落度でございます、閣下。娘は手前を助けようとしただけです。娘の話を信じておいでのご様子でしたので、あえて真相を申し出る勇気がございませんでした。あのろくでなしの博士を殺したのは手前ではございません。ですが、その殺しの件でお裁きの場に出なくてはと重々わかっておりました。と申しますのも、その晩に紅堂楼にいたのは本当でございますから。手前は……」

「いや」判事がさえぎる。「殺そうとしたことさえない。博士は本当に自殺だった確証がある。遺体にほどこした細工は、自殺の事実をいっそう強めるのが狙いだ。思うにあの晩、あの骨董商と共謀した悪だくみの説明を求めにきたのだな？」

「はい、閣下。うちの部下たちの報告では、温元《ウエンユアン》は大金入りの箱を拙宅にこっそり隠そうとしておりました。そのうえで税金を着服していると、博士が州のおえらがたに訴え出る手はずでした。否定した場合、その金がうちで〝発見される〟はずでした。ですから手前としましては……」

「なぜ、すぐ私に届け出なかった？」狄《ディー》判事がにべもなくさえぎる。

馮《フエン》は言葉につまり、しばし口ごもったすえに答えた。

「この島の手前どもは持ちつ持たれつでやっております。もめごとはすべて自分たちで解決するならわしでございました。その……地元のごたごたでよその方がたのお手を煩わすのもどうかと思いまして。心得違いではございましょうが……」

「決まっておる！」判事が怒ってさえぎる。「その話を続けよ！」

「温元《ウエンユアン》が手前を陥れる腹だと部下どもが報告にまいりますので、閣下、博士に会いに行くことにしました。正面きってこう問いただしてやろうと思いました。懇意の名士のご子息ともあろうお方が、ひとを陥れようとそのような後ろ暗いまねをするとはどういうことかと。あわせて、娘の操を汚そうとした船の件でもけじめをつけさせる気でおりました。しかしながら、来る途中の園内で温元《ウエンユアン》に会いました。ふしぎなこともあるものですが、三十年前のあの日の晩、陶匡《タオクワン》を訪ねる途中で温《ウエン》に出会ったことをなぜだか思い出しました。温《ウエン》に言ってやりました、きたない小細工のことは聞いたぞ、これからその件で博士に会うつもりだと。温元《ウエンユアン》は出来心だった、つい魔がさして、今の地位から手前を追い落とそうとしたと認めました。博士はどうやら金詰まりらしく、一も二もなく賛成した。だが、なんらかの理由でその後に思い直し、計画は取りやめると伝えてきた。うそだと思うなら、そのまま行って博士と話してみてくれとうながされました。

　この部屋に入ってみると、途中で覚えた予感は虫の知らせでした。博士はここの椅子にぐったりと倒れて息絶えていました。温《ウエン》はそれを承知の上で、死体を見つけさせて殺しの罪で告発しようとしているのではないか？　三十年前も同じことをもくろんだ、つまり、陶匡《タオクワン》殺しのぬれぎぬをきせるつもりだったのではないかと、かねてから疑っておりました。それから、あの古い殺人を自殺に見せかけた手口を思い出し、その手でいこうと決めました。あとは今日の午後に閣下に申し上げましたとおりでございます。博士が秋月に失恋して自殺したとはっきりわかったとき、娘にすべて話しました。それで娘は、手前が死体を細工したのをかばいだてして、けしからぬ試みをしようと決めたのです」咳払いをして、うちしおれた様子で続ける。「こうした一切合切につきましてはまことにお詫びの言葉もございません。閣下が博士の遺した走り書きを誤解なさるよう仕向けたときほど、わが身を恥じたことはいまだかつてございませんでした。まことにもって……」

「かつがれるのは別にいい」狄《ディー》判事がさらりという。「慣れているし、いつものことだ。幸い、いつもは手遅れになる前にそうと感づくがな。さて、事実として博士のあの三度の走り書きは秋月のことだった。だが、自殺の原因はあの女ではない」椅子にもたれ、長い黒ひげをしごきながらゆっくりと続ける。「博士はひとかどの才能の持ち主ではあったが、冷たく計算高かった。あまりに早く成功しすぎて慢心したのだ。国子《こくし》監《かん》博士となり、さらなる高みをすみやかに望もうとした。だが、それには大金がいる。自分にはなかった。相次ぐ凶作と無分別な投機で、一家の資産は減る一方だったからだ。だからこそ、古くから害意をいだく温　元《ウエンユアン》と組んで、楽園島の豊かな富を吸い上げようとはかったのだ。十日前、その計画を実行しようとわがもの顔で当地に乗り込んできた。あの晩、船でおたくの娘さんに高慢の鼻をへし折られ、力ずくでものにしようとした。

浮き桟橋まで骨董商が迎えに出たときはまだ怒りさめやらず、温《ウエン》に命じて手引きさせようとした。父親はじきに脱税の罪でお上に捕らえられ、都へ護送されるのだからと言って。それで元気づいた温《ウエン》が、いやでも色よい返事をさせるにはどうすればよいか教えた。あの悪辣な骨董商め、公私の両面で痛打をあびせる好機とみたのだ」

狄《ディー》判事がお茶をすすった。また口を開いて、

「しかしながら、この紅堂楼におちついたあとの博士は石竹や牡丹その他の美妓にかまけて、娘さんのことはきれいさっぱり忘れていた。だが、あなたを陥れる計画まで忘れたわけではない。賭場である若者と一緒になり、その男を利用してお宅の屋敷に金を隠させようともくろんだ。

それから死んだ二十五日、博士にとって青天の霹靂というべきできごとがあったか、あったと本人は思った。三人の妓女たちの勘定を済ませ、飲み仲間を都へ送り返した。自殺を覚悟していたからだ。夕方、その計画を実行に移す前に花魁の拝月亭まで歩いていき、あの女と最後に会った。

ふたりとも死んでしまったので、実際の関係がどうだったか正確にはわからない。しかしながら聞いた話では、博士は宴に華を添えるために花魁を呼んだまでで、寝るところまでいかなかった。おそらくはまさにそのせいで、あと数時間で死のうというときになって、ふと思い浮かべたのだ。これから離れんとする現世の楽しみすべての象徴としてな。その物悲しい思いのなかで父への手紙を託したが、女が届け忘れた。博士の気をひこうとはしなかった、本能的に、一から十まで利己的で冷血な同類のにおいをかぎつけていたのかもしれん。それに、博士から身請けの申し出がなかったのは絶対に確かだ」

「身請けの申し出がなかった？　ですが、そんな！」馮《フェン》が声を上げる。「花魁が自分でそう言ったのですぞ！」

「そう言った、だが嘘だった。自分の名を書きのこして自殺したと聞き、浮名をあげる願ってもない好機だと思ったのだ。それで、この高名な若い博士の嬉しい申し出を断わったとずうずうしく述べたのだ」

「あの女は、花柳界の不文律を犯しました！」馮《フエン》が怒りを爆発させる。「花魁の名簿から名を削ってやります！」

「見掛け倒しの女だった」狄《ディー》判事が淡々と言う。「だが、そうさせたのはおまえの稼業だ。手心を加える理由はまだある、あのように凄惨な死にざまを遂げたのだ」

藤棚への閉まった戸口をすばやく一瞥する。片手で顔をさっとなでたあと、ふたりの客を射抜くように見すえて続けた。

「馮《フエン》、おまえは自殺の証拠をみだりに細工した。そして玉環、おまえは嘘をならべたてた。しかしながら不幸中の幸いで、ふたりとも嘘いつわりを述べたのは非公式の席であり、偽証に印と爪印を押したわけではない。また馮《フエン》、おまえがまったくの真実を告げたと誓ったとき、ことさら三十年前のできごとに限ってとことわっていたのを忘れてはおらん。さて、法の定義は、究極の正義をおこなって犯罪がもたらした被害を可能な限りただす手段だとされている。そして強姦未遂は罪、しかも非常な重罪だ。であるから、おまえとその娘が犯した心得違いのかずかずは水に流し、その線で博士の自殺を正式に書類手続きするつもりだ、失恋が動機とされるというのも含めてな。あの不運な花魁が残した評判を無にしても意味はないし、その嘘についても口外無用、よって花魁の名簿から名を削るべきではない。

骨董商の温元《ウエンユアン》についてだが、奸計は罪だ。だが、やり方に無駄がありすぎて、拙劣な計画はまだ端緒にもいたらぬうちに頓挫してしまった。罪を犯すに至らなかったかもしれんが、臆病で卑怯なたくらみを実行にうつす度胸がないとはいえ悪質きわまる。しかるべき措置をとり、今後二度と温《ウエン》がそのような奸計をもくろんだり、身を守るすべのない妓女たちを虐待しないよう手を打っておこう。

この紅堂楼でふたつの重罪が犯された。しかしながら父娘ともそちらには関係なく、温元《ウエンユアン》さえかかわりがない。だから、その暗い話題にはこの場で触れない。こちらの話はそれだけだ」

馮《フエン》は立って狄《ディー》判事の前にひざまずき、娘もそれにならった。寛大なお裁きに対する感謝を口々に述べたてようとしたが、判事がもどかしげにさえぎり、親娘を立たせて言った。

「私見では、馮《フェン》、楽園島は感心できんし、ここのできごとも一から十まで賛成しかねる。だが、そういう歓楽地がある意味で必要悪だとはよく承知している。それにそなたのようなよい里正がいれば、確実に悪を最小限にとどめられる。行ってよろしい」

去るまぎわ、馮《フェン》が遠慮しいしいたずねた。

「このようなことをおたずねしては僭越かとは存じますが、閣下、ただいま仰せのふたつの重罪とはどういうことでございましょう?」

判事がこの質問をしばし考え、それからこう答えた。

「いやいや、僭越ではない。なんといってもここの里正なのだから、知る権利はある。時期尚早と言うほうが当たっている。推理の裏づけがまだなのでな。裏がとれしだい、すぐ報せよう」

馮《フェン》と娘は最敬礼して出ていった。

19

内なる業火に灼《や》かれつつ
はるか昔の真相を告げる

翌朝の定時報告に馬栄《マーロン》がはやばやと顔をだすと、狄《ディー》判事はまだ藤棚で朝飯の最中だった。静かな園内に薄もやがかかり、梢では色絹の花ちょうちんが湿気でうなだれて見る影もない。

馮《フエン》親娘の話を手短に話してきかせた判事が、最後に、

「今から凌《リン》さんを探しに行こう。宿のあるじに馬を二頭支度させてくれ。凌《リン》さんがうちに戻ってなければ、島の奥から北にかけてかなり遠乗りせんといかんだろうな」

ちょうど箸を置いたころに馬栄《マーロン》が戻ってきた。席を立って室内に入り、旅行用の茶の長衣を出させた。着替えを手伝いながら馬栄《マーロン》がたずねる。

「ここでのうろんなできごとに、賈玉波《チアユウボウ》は一切かかわってないですよね、閣下？」

「ないよ。それがなにか？」

「ゆうべ、たまたま小耳に挟んだんですが、惚れた女と一緒に島を出る気らしいです。馮《フエン》のお嬢さんとの婚約はどのみち気乗りしなかったふうですよ、聞いた話じゃ」

「行かせてよろしい、用はない。われわれも今日には発てると思う。遊びのほうは非番のあいだに堪能したろう？」

「ほんとにそうです！　でも、楽園島ってべらぼうに高くつくとこですねえ！」

「それはそうだろう」判事が黒い帯を腰に巻きながら言う。

「だが、銀が二粒あったじゃないか、あれで間に合ったろう」

「本音を言いますと、全然足りませんでした！　すごく楽しかったんですが、おかげですっからかんですよ」

「まあ、見合うだけのことがあったんならいいが！　それに、伯父さんからのあの金がまだ手もとにあるじゃないか」

「あいつもなくなっちまいました、閣下」馬栄《マーロン》が述べる。

「なんだと？　老後のためにとっておくつもりだった、あの黄金二錠が？　まさか、うそだろう！」

馬栄《マーロン》がしょんぼりとうなずいた。

「ほんとなんです、閣下、なんせいろいろ目移りしちまって、いい女が多すぎます！　それに、値段のほうもめっぽういい女ばっかりで！」

「なんたるざまだ！」狄《ディー》判事の堪忍袋の緒が切れた。「金二錠をまるまる酒と女に蕩尽しただと！」腹立ちまぎれに帽子をぐいと正す。それからため息をつき、やれやれと肩をすくめた。「本当にどうしようもないやつだな、馬栄《マーロン》」

ふたりとも黙りこくって前院子まで歩き、めいめい馬に乗った。

先に立った馬栄《マーロン》が、例の裏通りから空き地へとぬけて判事を案内した。木立の抜け道まできて馬を止めると、友人ふたり組ともども襲われた場所はここですと説明した。そしてたずねる。

「あの襲撃の裏に何があったか、馮《フェン》は知ってるんですか？」

「自分では知っているつもりらしいが、実は知らん。私は知っている。狙いは私だ」

馬栄《マーロン》がどういうことかたずねようとしたが、判事はもう馬を進めていた。あの大きないちいが見えてくると、こぶだらけの幹にもたれたあばらやを馬栄《マーロン》が指さした。狄《ディー》判事がうなずく。馬からおり、手綱を馬栄《マーロン》に渡しながら言った。

「ここで待っててくれ」

ひとりだけで、湿った草むらを徒歩でぬける。朝の日ざしはまだ小屋の屋根にかぶさる葉むらを通すほど強くない。日陰はじっとりと寒かった。腐った落葉の悪臭もする。ひとつしかない窓の汚れた油紙をすかしてかすかなあかりが見える。

かしいだ戸に狄《ディー》判事が耳をつけた。ふしぎな美しい声が、古い歌を優しく口ずさんでいる。まだ判事が子どもだったころにはやった歌だと思い出した。戸を開けて中に入る。入口すぐの内側に立っていると、背後で錆びた蝶番がきしり、戸がひとりでに勢いよく閉じた。

安いかわらけの灯明が、さえない室内をぼんやり照らす。凌《リン》さんは竹の長椅子にあぐらをかき、あの業病にかかった乞食のぞっとするような頭を抱きかかえていた。長椅子に仰向けになり、やせほそった体をおおう汚れたぼろのすきまから、手足の傷が見えている。隻眼が灯火に鈍く光る。

凌《リン》さんが顔を上げ、見えない目を判事に向けた。

「だれ?」あのふくよかな声でたずねる。

「私だ、知事だ」

乞食の青い唇がおぞましい嘲笑にゆがんだ。その隻眼をじっと見すえて、判事は話しかけた。

「博士の父、李魏挺《リーウエイジン》進士だな? そしてそちらは妓女琅娘《ろうじよう》、三十年前に死んだと報告された女だ」

「妾《わたし》たちは相愛の仲よ!」盲目の女が誇らしげに言い放つ。

「おまえがこの島に来たのは」相変わらず乞食に向かって、「花魁の秋月《しゆうげつ》が息子を死に追いやったと聞き、復讐のためだ。それは誤解だ、息子は自殺だった。首にできた腫物を見つけて、やはり同じ業病にかかったと思いこんだのだ。真偽のほどはわからん。検死できなかったのでな。息子にはおまえの勇気が欠けていたので、業病のみじめな末路に直面できなかった。だが、秋月《しゆうげつ》はそうとは知らなかった。何が何でも名をあげたいという愚かしい欲にかられて、自分のせいで自殺したと述べたのだ。おまえも本人の口から聞いたはずだな、紅堂楼の藤棚前の植え込みに隠れて、私との話を立ち聞きしていた折に」そこで間をおいた。乞食の荒い息づかいだけがひびく。

「おまえの息子は秋月《しゆうげつ》を信用していた。自殺の覚悟を述べたおまえあての手紙を預けたのだ。だが、女のほうはきれいに忘れて開封さえしなかった。おまえが女を殺したあとで、私が見つけた」

あの手紙を袖から出し、声に出して読みあげた。

「身ごもっていたのは息子だったのよ、あなた」女がやさしく言う。「でも、病気が治ってから流産してしまったの。妾《わたし》たちの息子はきっと美しくて、勇敢だったでしょうね。あなたそっくりに！」

狄《ディー》判事が長椅子に手紙をほうった。

「島に来たあとは常に秋月《しゅうげつ》を見張っていた。あの晩おそく、紅堂楼に向かうあの女の姿を見かけて後をつけた。藤棚に立って窓の鉄格子をすかして見ると、裸で寝台に寝ていた。それで名を呼んでおいて、壁に背をつけて窓のすぐ横に立った。女が窓辺に出て、呼んだ相手の面体を確かめようとおそらくは顔を鉄格子におしつけたところへぬっとその顔を出した。鉄格子から両手をつきだし、喉首をつかんで絞めあげた。だが、崩れたその両手では捕まえきれない。女は助けを求めて扉のほうへ行きかけたところで、心臓発作を起こして床にくずおれた。おまえが殺したのだ、李《リー》進士」

赤く燃えるまぶたがしばたたいた。崩れた顔に女がかがみこんでささやく。「あいつの言うことなんか聞いちゃだめよ、あなた！　おやすみなさいな、愛しいひと。具合がよくないんだから」

判事は目をそらした。地面をつきかためただけの湿った床をじっとにらみながら続ける。

「息子はその手紙で、いみじくもおまえのことを不屈の勇気の持ち主と述べている、李《リー》進士。死病にかかり、財産も減らしてしまった。だが、まだ息子がいた。大物にしてやれる、それもまたたくまに。楽園島、無尽蔵の金を生み出す宝蔵が地所のすぐ隣にあるのだから。はじめは賊をさしむけ、馮《フエン》の黄金を輸送の途中で奪おうとした。だが、いかんせん警備が万全すぎた。次にもっといい手を思いついた。骨董商の温元《ウエンユアン》が馮《フエン》を憎み、里正《りせい》の地位から追い落としたがっていることを息子に教えた。温《ウエン》につなぎをつけるよう命じ、共謀して馮《フエン》にぬれぎぬをきせて失脚させる悪だくみを実行させた。そのあとで息子の手で後釜の里正に温《ウエン》をすえさせ、温《ウエン》を通じて島の富を吸い上げるはずだった。息子の死で、すべてが烏有に帰した。

おたがい以前に面識はなかったが、李《リー》進士、私の評判を知っていたのだな、ちょうど私がそちらの評判を知っているように。だから見破られるのではないかと恐れていた。花魁を殺したあとで紅堂楼に戻り、藤棚からしばし鉄格子の窓越しに見張っていた。その邪悪な気配は私に悪夢を見せただけで、なにひとつ手出しできなかった。寝ている場所が窓から離れすぎていたし、扉にはかんぬきがかかっていたからな」

目を上げた。乞食の顔は横目でにらむ、おぞましい仮面のようだった。小さな部屋の腐臭がどんどんひどくなっていく。判事は首巻をひきあげて鼻と口を覆うと、布越しにくぐもった声で言った。

「その後に島を出ようとしたが、船頭が乗せてくれなかった。水辺の森で隠れ場所を探したのだろう。そして、たまたま三十年ぶりに恋人の琅娘《ろうじょう》に会った。声でわかったのだろうな。私が陶匡《タオクワン》の死を調べているとしらせてもらった。何ゆえ、みじめなだけの生にそこまで恋々とする、李《リー》進士？　どんな犠牲を払っても評判を死守しようというつもりか？　さもなくば三十年前に愛したのに死んだと思っていた女のためか？　それとも、よこしまにも常に自分が勝者であったと誇りたいがためか？　稀代の頭脳を不治の業病がどのように変えたか知るよしもないが」答えがないのでさらに続ける。「昨日の午後、また私のようすを探りにきたな。あれで三度目だった。もっと前に気づくべきだったよ、まぎれもないあの悪臭でそれと悟ってしかるべきだった。ここに来るつもりだと副官に話したのを聞いていたな。雇った手下どもを呼びに行き、私を消せと命じてあの木立で待ち伏せさせた。知るはずもないな、居間に入ったあとで計画を変えたのだ。手下どもが代わりに襲ったのは、うちの副官と里正《りせい》の部下ふたりだ。残らず返り討ちにあったが、ひとりが死ぬまぎわにおまえの名をもらした。

息子のその手紙を読んだあとで、ふいに全貌が読めた。

おまえの正体がわかったのだ、李《リー》進士。三十年前のさっそうたる若い役人だったころの話は馮《フェン》に聞いた。そして、琅娘《ろうじょう》も話していた、侠気さかんな恋人だと。富も地位もすべてを、こともなげに投げ捨ててしまえる男だと——愛した女ゆえに」

「あなたのことよ、愛しいひと！」女が優しくささやく。「あなたのことよ、妾《わたし》の侠気あふれる、美しい、愛しいひと！」

乞食の顔いちめんに愛撫を浴びせた。

狄《ディー》判事が目をそらす。疲れた声で、「不治の病にかかった者は法の埒外にある、李《リー》進士。私はただ、妓女秋月《しゅうげつ》を紅堂楼で殺したのはおまえだと言いたかっただけだ。ちょうど、三十年前に陶匡《タオクワン》をあそこで殺したように」

「三十年！」美しい声がした。「長い長い月日のあとで、また一緒になれたのね！　あの月日はなかったのよ、あなた、みんなみんな悪い夢だったの、私たちが逢ったのはついきのうのこと、あの紅堂楼で……燃えさかる血潮の紅、だれにも止められない恋の色だった。ふたりが逢っているなんて、だれも知らなかった。才能あふれる若い役人の美しいあなたと、島の妓女で才色ならびない花魁の妾《わたし》が愛しあっているなんて！　馮戴《フェンダイ》、陶匡《タオクワン》、その他大勢、みんなみんな妾《わたし》をわがものにと望んだわ。気をもたせ、心を決めかねるふりをしたのは、ただ私たちの秘密を守るため、この甘い秘密を守るため。

そして、あの最後の晩が……あれはいつのことだったかしら、ゆうべではなくて？　あなたがその強い腕で、震えつづける妾《わたし》の身体を砕けそうに抱きしめていたちょうどそのとき、誰かがいきなり居間に入ってきた。あなたは寝台から飛び起き、生まれたままの姿で走り出たわ。あとを追った妾《わたし》が見ると、そこに佇むあなたのいとしい全身を、沈む夕日が燃えさかる火の色に染めていた。無防備な裸のまま寄り添うふたりをみて、陶匡《タオクワン》が怒りのあまり真っ白になった。小刀を抜いて、面と向かって妾《わたし》をひどく辱めたわ。〝殺して！〟妾《わたし》は叫んだ。あなたが飛びかかり、小刀をもぎ取って首につきたてた。血が噴き出してあなたにかかり、広い胸いちめんを赤い血で染めた。あのときほど、あなたを愛しいと思ったことはなかった……」

恍惚の喜びに照らし出され、崩れた盲目の顔がふしぎな美しさをみせていた。判事が首をひねる。あの生き生きした声がまた聞こえた。

「妾《わたし》、言ったわ。〝早く服を着て、逃げて！〟紅の間にふたりで戻った。でもそのとき、誰かが居間に入ってきた。あなたが行ってみたら、あのばかな男の子だった。すぐまたおもてに駆け出し、でもあなたが言うには、顔は見られてないかもしれない。紅の間に死体を運び、小刀を握らせて、ふたりが出たあとに鍵をかけ、扉の下から中に入れておいたほうがいい……そしたら、陶《タオ》は自殺だって言われるでしょうね。

藤棚であなたと別れたわ。園内のかなたの小さなあずまやで、ちょうちんをともしたばかりだった。ここをひと月ばかり離れる、そうしてお役所が正式に自殺と登録するまで待つって言ってたわ。そしたら……妾《わたし》のところに戻ってくるからって」咳がはじまった。だんだん悪くなる一方で、まもなくやつれたからだが揺れはじめた。血泡が唇にのぼってくる。丹念にぬぐいとって話を続けたが、急にしわがれて弱々しい声になっていた。

「陶《タオ》が妾《わたし》に惚れていたかと聞かれたわ。ええそうですって答えたの、だって本当のことだもの。また、こうも聞かれたわ。妾《わたし》に振り向いてもらえないから死んだのかって。ええ、妾《わたし》のせいですってそれにも答えた、だってやっぱり本当のことだもの。でも、そのあとあの疫病が……妾《わたし》もかかってしまった、妾《わたし》の顔が、両手が、眼が……死ぬはずだった、死んでしまいたかった、二度と再びこの目であなたを見られないなら。そうなってしまったけれど……火事があってね、病気にかかった別の妓《こ》たちが妾《わたし》を引きずって橋を渡り、みんなで森に逃げ込んだの。

死ななかった、おめおめと生きのびてしまった、死にたかったこの妾《わたし》が！　金碧《きんぺき》ちゃんと呼ばれてた淩《リン》さんの書類をとったの。あの人は死んじゃったわ、妾《わたし》の横で、あの畑の排水溝の中で。妾《わたし》は戻れたけど、あなたは死んだと思っていたのでしょ、そう思ってほしかったの。あなたが偉くなって名を上げるのを聞くたびに、どれほどうれしかったことか！　それだけが生きがいだったの。そして、ようやくいま戻ってきてくれたのね、妾《わたし》の腕の中に！」

ふいに声がぴたりと止んだ。狄《ディー》判事が目をあげるとやせ衰えた蜘蛛のような姿が、膝の上の動かない頭をすばやく撫でた。隻眼は閉じ、ぼろの下のくぼんだ胸ももはや上下しない。その醜悪な頭を平らな胸に押しつけて叫ぶ。

「戻ってきてくれたのね、ああ、なんてありがたいこと！　戻ってきてくれたのね、妾《わたし》に抱かれて死ぬために……そして、妾《わたし》もおそばに」

亡骸をきつく抱きしめ、愛しげにささやきつづけた。

判事はきびすをかえし、部屋を出た。背後で、扉がきしんで閉じた。

20

逝《ゆ》く夏と共に死者を送り
地獄にも似た楽園を去る

狄《ディー》判事が戻ってくると、副官が勢いこんでたずねた。

「ずいぶんかかりましたねえ。なんて言ってました？」

額の大粒の汗をぬぐった判事が勢いよく馬にまたがった。こうつぶやく。

「だれもいなかった」さわやかな朝の空気を胸いっぱいに吸いこみ、さらに、「あの家をすみずみまで探してみたが、何も出てこなかった。仮説があったのだが、間違いだとわかった。旅館に戻ろう」

空き地を横切るさなかに、ふいに馬栄《マーロン》が馬鞭で行く手を指さして声を上げた。

「あっちのあの煙を見てください、閣下！　供物台を火にくべだしたんですよ。盂蘭盆明けです！」

　家々の屋根の上空にうずまく黒煙の太い柱を、判事はじっと見つめた。

「ああ」という。「あの世の門が閉ざされた」過去の亡者たちが閉ざされたと、内心で思った。あの一夜に紅堂楼につどった亡者が三十年の長きにわたって生者に影を落とした。そしてようやくいま、三十年の時を経て、悪臭漂う湿っぽいあの小屋でひそかに逢った。いまもまだあそこにうずくまっているのだろう、死んだ男と、死にかけた女が。まもなくあのふたりも去るだろう。永遠に去り、二度と戻ることはあるまい。

　永楽館に戻ってくると、宿のあるじに言って勘定書を出させた。馬番に馬の世話をさせ、馬栄《マーロン》を連れて紅堂楼に行った。

　鞍袋の荷造りを馬栄《マーロン》にまかせ、判事のほうは椅子にかけて、前夜に仕上げておいた博士の自殺事件報告書を見直した上で、秋月の死亡報告書に結びのくだりを書いた。自己所見として秋月の死因を深酒による心臓発作としておいた。

　それがすむと、馮戴《フェンダイ》宛に短い手紙を書いた。陶匡《タオクワン》と秋月殺しの下手人は同一人物と判明したが下手人はすでに死亡、したがって本件はそっとしておくのがいちばんよかろうと記す。結びはこうした。「本官が受けた報告によると、李魏挺《リーウエイジン》進士は末期業病にて頭脳を冒され、この地域を徘徊のすえに、やはり死病にかかった元妓女淩《リン》氏の小屋で亡くなったという。あの女もやはり死んだはずなので、ここに命じておく。病が広がるのを防ぐため、両名のなきがらもろともあの小屋を焼却処分にせよ。李《リー》家には一報しておくように。女の身寄りは不明である」それから最後に花押を入れた。見直したのち、筆をしめして追伸にこう書く。

「また、賈玉波《チアユウポウ》はある妓と手に手をとって島を出たと聞く。より年長の、より深い愛情がご息女を慰めてくれるだろう。末永い幸せを祈って心よりよろしくと、その者に伝えてほしい」

新たに紙をとり、陶番徳《タオバンテー》あての手紙を書く。父殺しの下手人はつきとめたが、長の病苦のすえにもう死んだと伝えた。さらに「つまりは天が仇を討ったのだ。そして、古い友情の絆で結ばれた陶《タオ》、馮《フエン》の両家がさらなる絆を結ぶにあたり、障害となるものは何もない」

二通とも封をして「親展」と記す。それから公式報告書をまとめてひとつに巻き上げ、かさばる巻物を袖に入れた。腰を上げながら馬栄《マーロン》に言う。

「帰りに金華《チンフア》に寄って行こう。羅《ルオ》知事に報告書を渡すから」

馬栄《マーロン》が鞍袋をふたりぶんかかえ、連れだって帳場へと向かう。

勘定をすませると、宿のあるじに馮戴《フエンダイ》と陶番徳《タオバンテー》あての手紙を渡し、すぐ届けさせるように言った。

馬に乗ろうと前院子に足を踏み出したとたん、おもての通りに銅鑼が響きわたり、「道をあけろ、道をあけろ！」と呼ばわる大声がした。

汗だくの輿丁《こしかつぎ》十二人が、大きな公用輿を担ぎこむ。続いて、羅《ルオ》知事の官位官職の肩書をあまさず書き込んだ大きな赤い札をめいめい掲げて巡査の一団があらわれる。巡査長がうやうやしく一礼して輿の垂れ幕を寄せると、まばゆい緑錦の官服に判事帽で威儀をただし、小さな扇子をさかんにばたつかせて羅《ルオ》知事が降りてきた。

馬の脇に立つ狄《ディー》判事を認めると、小走りに駆けよってこう大声でまくし立てる。

「いやいやいや、大兄、まあ、えらいことでしたなあ！　楽園島の花魁が死んだ、しかも謎めいた状況下の死ですって！　州じゅうがその話で持ちきりですよ。それで大急ぎで戻ったんです、この恐ろしい暑さをものともせずにね。驚天動地のしらせを耳にするが早いか、飛んできましたよ！　むろん、きみにこのうえ余分な仕事をおっつけるなんて夢にも思いませんでした！」

「確かにさだめし驚天動地だっただろう、花魁の死は」判事があっさり片づける。

その顔を羅《ルオ》が鋭く見た。陽気に、「ぼくはねえ、きれいな女には素通りできないたちでね、常にだよ、狄君《ディー》、常にね！『浮世の塵積む路傍には／薔薇《そうび》の花があまた咲く／旅の疲れを露もて癒し／甘《うま》し一夜に誘うという』――最近作った詩の一節だよ。最後の行はまだ推敲中なんだけどさ。でも、悪くないだろ？　さてと、あのかわいそうな妓に何があったんだい？」

あの書類の巻物を狄判事《ディー》が渡す。

「ここに全部書いてあるよ、羅君《ルオ》。この書類を渡しに金華《チンファ》に寄ろうと思っていたんだが、ごめんこうむって、いまこの場で渡させてもらう。すぐにも帰りたいのでね」

「むろんだとも！」羅《ルオ》が扇子を閉じ、気どった手つきでうしろ襟にさす。それからすばやく書類を広げた。はじめの報告書にひとわたりさっと目を通し、うなずいて言った。

「博士の自殺について、ぼくの所見を裏づけてくれたんだね。手続きのほうはなんてことない。前に言った通りさ」

つづいて、花魁の死亡報告書を見た。自分の名が出ていないのを確かめて満足げにうなずき、報告書をひとまとめに巻き上げながら会心の笑みを浮かべた。

「申し分ない仕事ぶりだよ、狄君《ディー》、それに文章もいい。手直しせずにこのまま州長官のもとに送れるよ――手直しはないも同然ってことだけど。こういってよければね、狄君《ディー》、文体がちょっと重すぎるみたいなんで、あちこちちょっと軽めに読みやすくしとくよ。今風の文体でね、今日びの都の役人にはそういうやつが受けるんだから。きみにもうちょっと滑稽味があってもいいのになあとさえ言うやつもいる――いうまでもなく、すごく抑えた滑稽味だけどね。むろん、貴重なご助力を忘れたわけじゃ断じてないよ」書類を袖にしまってきびきびと尋ねる。「ときに、花魁のほうの下手人は誰なんだい？　身柄はもう里正《りせい》屋敷に収監してあるんだろうね？」

「報告書の残りを読み終えれば」狄判事《ディー》が平然と受け流す、「花魁の死は心臓発作だとわかるよ」

「でも、だれもかれも言ってるぞ、きみが検死官の所見を拒否したって！　紅堂楼の謎って呼ばれてる。まったくもう、狄《ディー》君、捜査の続きはぼくがしなきゃならんなんて言わんだろうね？」

「たしかにいくぶん謎ではあるな。だが、不慮の死という所見には適正な証拠の裏づけがある。上級官庁が本件解決とみなすとあてにしていいよ」

羅《ルオ》がかけねなしに安堵のためいきをもらした。

「残るはひとつ」狄《ディー》判事が続ける、「書類の中に骨董商温元《ウエンユアン》の自白書があるだろう。やつは法廷で偽証したうえ、ある妓女を手ひどくいたぶった。鞭打ちに値するが、それでは死んでしまうかもしれん。そこで提案なんだが、やつをさらし台に丸一日立たせ、高札をわきに立てておくんだな。執行猶予の身であり、新たな異議申し立てがありしだい鞭刑に処されると書いてね」

「喜んでやらせてもらうよ！　あの悪党めはいい磁器を扱ってるんだが、付け値たるや極悪非道のひとことに尽きる。今後はちょっと値下げするかもしれんな。いやはや、衷心から礼を言うよ、狄《ディー》君、もう行っちゃうなんて残念だね。もうちょっとここにいて、ええと……事件後の余波を調べたっていいんじゃないかい。　きのうついたばかりの舞妓をもう見た？　まだ？　評判では文句のつけようがないっていうよ、芸達者だし、声もとってもきれいなんだ。それに、肉づきがまた……」小指を上品に上げて、ひげをひねくりながら含み笑いした。ふと、さぐるように判事を盗み見る。眉を両方ともつり上げ、えらそうな口調で言った。

「でもさ、がっかりしたよ、きみが紅堂楼の謎の真相をつきとめなかったなんてね。まったくねえ、きみ、うちの州広しといえど、きみほど切れる判事はいないって評判なんだぞ！　殺人事件だろうが何だろうが、お茶を二杯飲むあいまに、ちょちょいのちょいと片付けちまうだろうっていつも思ってたのに！」

「世の噂、必ずしも真ならずだよ」判事が微苦笑を浮かべる。「さて、もう蒲陽《プーヤン》に戻る。この次にはぜひ会いに来てくれたまえ。では、これで！」

著者あとがき

狄《ディー》判事は歴史上の実在人物であり、西暦六三〇から七〇〇年まで生きた。名司直として声望を博しただけでなく、すぐれた政治家として、後半生においては唐の内政外交の両面にわたり重きをなした。本書で述べたできごとはまったくの架空ながら、多くの細かな事物は昔の中国より着想を得ている。

狄《ディー》判事の後半生については、林語堂著 ***Lady Wu: A True Story*, 1957 Heinemann** 社刊（邦訳『則天武后』みすず書房刊）の三十七章から四十一章に的確な記述があり、そこではディー・リンジェイと表記されている。

著者自筆の挿絵は木版印刷による十六世紀中国の挿絵様式を模したものなので、画中の風俗考証は唐より明である。ご注意いただきたいのだが、狄《ディー》判事の時代に辮髪の習いはなかった。あれは一六四四年、満洲族の中国征服に伴い強制された風習である。当時の男は長髪をひっつめて毛先をひとつに丸め、家の内外を問わず帽子をかぶっていた。喫煙もなかった。煙草と阿片が中国に導入されたのはその数百年後である。

一九六一年一月三日

ロバート・ファン・ヒューリック

訳者あとがき

時系列的にいうと、本書は前作『観月の宴』のひとつ前の事件である。

『観月の宴』の二一頁で、お調子者の羅《ルオ》知事にまたもや事件を押しつけられた判事が、「とくに、現場にはいっしょに行けるんだからな、羅《ルオ》。つい先ごろの楽園島みたいに一杯くわそうったって、そうはいかないわけだ！」

などと皮肉を言う場面があるが、それがこれである。皮肉のひとつも出て当然どころか、よく友情が続くものだとよそながら感心する。さすがは判事、なかなかタフな堪忍袋をお持ちらしい。

邦題でおわかりのとおり、本書には紅楼夢だけでなく「牡丹亭」をはじめとする元曲崑曲の有名モチーフが随所に出てくる。説明したいのはやまやまだが、紙数が足りないのでここではほんのヒントだけ。花魁《かかい》のすまい「拝月亭」、銀仙の姓と賈《チア》秀才の姓。以上はすべてキーワードである。あとはめいめいご健闘を祈る。

ちなみに堂楼とは江南方言で続き部屋（スイート）のこと。広い中国では建物のつくりも名称も北と南でずいぶんちがう。無用の混乱を招きそうなのであえて統一しなかったが、たとえばこれまで北方風に院子と呼んできた空間を、南方では「天井《てんせい》」と呼ぶ。紅堂楼の手前にある塀囲いの庭は、正しくは「蟹眼天井《かいがんてんせい》」という。詳しくは『中国江南の都市とくらし』（山川出版社）一一〇～一二五頁にわかりやすい図解つき説明が出ている。

ほかに日本ではあまり聞かない名称というと、今回では垂花門だろうか。ある程度以上のお屋敷にあって格式を示す門であるが、表玄関でなく敷地内に設け、パブリックゾーンとプライベートゾーンを区別する役割をはたす。

そのほか、中国北方の住宅建築については《ミステリマガジン》二〇〇三年十一月号「ロバート・ファン・ヒューリック特集」で簡単ながら図解つき説明を試み、垂花門の位置も示した。二〇〇四年五月現在、バックナンバーも入手可能である。

唐の時代ともなると、西域からいろんな楽器や音楽が導入された。玄宗作曲とされる霓裳羽衣曲《げいしょううい のきょく》は婆羅門曲、つまりインドあたりの音楽が原型と伝えられる。本文第六章に出てくる奚琴《けいきん》もやはり突厥伝来で、バイオリンに音が似ている。おとなりの韓国では今も奚琴《けいきん》を伝統音楽に使うらしいが、中国では胡弓へとその後に独自の発達をとげた。ほかにもギター属の阮咸《げんかん》・月琴・琵琶、打楽器では大小各種の鼓などを駆使し、曲目もアップテンポからスローバラードまでなかなか彩り豊かであった。そのごく一部が日本に渡り、雅楽として現代に伝わる。
本作にはわらべ歌も出てくる。「どれにしようかな、天の神様のいうとおり」とか、「かごめかごめ」などに相当する歌は中国にも当然ある。なにぶん膨大すぎていちいち追うのは至難の分野であるが、『中国のマザーグース』（北沢書店）というたいへんおもしろい本がある。ほかにも、『江南春』（平凡社東洋文庫）に少しだが採録されている。

さて、今回は歓楽街という非常に特殊な舞台設定のもとで事件が起きる。
原著者ファン・ヒューリック博士は頭脳明晰のみならず長身の好男子で、国籍を問わず相当にもてたらしい。公式伝記『三つの人生』（邦訳未刊）の三つとは、学者、外交官、そして色男の謂《いい》だというから、ただのかたぶつ秀才ではない。そして、どれも超一流レベルであったのはいうまでもない。古き良き時代であったとはいえ硬軟ともにけたはずれ、せせこましい現代ではとうてい考えられないスケールの大きさである。ご遺族によると芸者など日本の花柳界もご存じだったという。いくぶんかの取材成果？　は本文中に反映されているだろう。

俗に世界最古の職業というぐらいで、当然ながら中国にも昔から春をひさぐ女性＝妓女は存在し、逸話も多い。唐代の妓女たちを大別すれば、刑罰等で奴婢身分に落とされるなどして公の所有に属する官妓・営妓、私人の所有にかかる私妓・家妓の二者に分かれる。楽園島の妓女たちは後者である。牛馬同様に売買・贈答される奴隷身分であり、いかに全盛を誇ろうとも、美貌が衰えたあとの末路はおおむねみじめなものであった。

妓楼のようすは、『教坊記・北里志』（平凡社東洋文庫）などに詳しい。日本の吉原・丸山は、花魁《かかい》や検《けん》番《ばん》などのしくみや格式をそっくり輸入したものである。検番とは遊郭妓楼同業組合の本部オフィスである。日本でもごく最近まであちこちの温泉地に検番があり、客の求めに応じて芸者派遣などをおこなっていたときく。

本文中にあるように、中国の場合、花魁《かかい》は識者の選考による「花案」という一種の美人コンテストをおこなって選ぶならわしであった。おもに揚子江南域でさかんだったらしい。詳しくは、『中国遊里空間』（青土社）に手際よくまとめてある。

なお、日本の遊里については、中公文庫から出ている三田村鳶魚の著作群に詳しい。江戸時代の吉原は歌舞伎や時代劇などでおなじみだが、絢爛たるおいらんの艶姿に約千年前のルーツを思い起こしてみるのも、たまにはおつな鑑賞法ではあるまいか。余談ながら歌舞伎界の別名「梨園」も、もとを正せば唐代の玄宗皇帝の故事による。

ところで乞食の「業病」だが、原文では leprous である。

ごく最近の事件をみてもわかるように、すでに病因が解明され完治する病気になっても、世間の偏見はいまだ根強いものがある。その根底にはおそらく洋の東西を問わず非常に恐れられ、中国では本人ばかりか家系全体への「天譴病《てんけんびょう》」とまで言われた長い歴史が色濃く影を落としているだろう。その当時に罹患した人々の絶望と恐怖は想像を超える。

そこまでいかなくとも、やはり忌避された業病に肺結核がある。日本では、ごく最近まで本人のみならず家族親類の縁談まで支障が出たほどである。私事でまことに恐縮ながら、訳者にも学齢前に小児結核の経験がある。さいわい早くに完治したとはいえ、とくに周囲の反応が幼少期に与えた心身への影響は多大なものがあった。

ご一読のさいは、そのような「重み」を頭の片隅にでも置いていただければ幸いである。また、あわせて、そのような病苦ゆえに今もいわれない苦しみを受けるかたがたのことを一瞬なりと慮っていただく機ともなれば、このうえない喜びである。

暗い話題が出たので、最後に「俠」について。

日本で「俠」というと、なにかやくざ映画に限定されてしまいそうであるが、中国の「俠」はやくざとは限らない。古くは始皇帝をつけねらった荊軻はじめ、れっきとした史書にも登場する存在である。詳しくは、本シリーズの先輩訳者としてもおなじみの大室幹雄氏の著作群をご一読いただきたい。

「武士道は死ぬこととこそ見つけたり」とは「葉隠」の有名な一説であるが、中国の「俠」はさしずめ「捨てることとこそ見つけたり」。大なり小なりの差はむろんあるが、本書はそんな「俠」がいろんなかたちであらわれる。

ある意味で本書そのものが「俠」とも言える。読者諸賢、山本節子氏はじめ原著者ご遺族の惜しみないご協力、福原義春氏および小松原威氏の無私無償のご尽力、そして早川書房および編集子川村均氏の多大な労力を抜きにしては、とうてい存在しなかったのだから。この場をお借りして、ささやかながら心より御礼申し上げたい。

二〇〇四年五月

HAYAKAWA POCKET MYSTERY BOOKS No. 1752

和《わ》 爾《に》 桃《もも》 子《こ》

慶應義塾大学文学部中退，英米文学翻訳家
訳書
『真珠の首飾り』『観月の宴』ロバート・ファン・ヒューリック
『ハリー・ポッターの魔法世界ガイド』アラン・ゾラ・クロンゼック＆エリザベス・クロンゼック
（以上早川書房刊）他多数

この本の型は，縦18.4センチ，横10.6センチのポケット・ブック判です．

検印
廃止

〔紅楼《こうろう》の悪夢《あくむ》〕

2004年6月10日印刷　2004年6月15日発行

著者	ロバート・ファン・ヒューリック
訳者	和爾桃子
発行者	早川浩
印刷所	星野精版印刷株式会社
表紙印刷	大平舎美術印刷
製本所	株式会社川島製本所

発行所 株式会社 **早川書房**
東京都千代田区神田多町2ノ2
電話　03-3252-3111（大代表）
振替　00160-3-47799
http://www.hayakawa-online.co.jp

〔乱丁・落丁本は小社制作部宛お送り下さい
送料小社負担にてお取りかえいたします〕

ISBN4-15-001752-2 C0297
Printed and bound in Japan

ハヤカワ・ミステリ〈話題作〉

1743 刑事マディガン

リチャード・ドハティー
真崎義博訳

〈ポケミス名画座〉紛失した拳銃を必死に追う鬼刑事と、苦悩する市警本部長——ドン・シーゲル監督が映画化した白熱の警察ドラマ

1744 観月の宴

R・V・ヒューリック
和爾桃子訳

中秋節の宴席で若い舞妓が無残に殺された。友人に請われて事件を調査するディー判事ははるか昔にさかのぼる因縁を掘り当てる……

1745 男の争い

A・ル・ブルトン
野口雄司訳

〈ポケミス名画座〉血で血を洗う宝石争奪戦の行方は……パリ暗黒街を活写しJ・ダッシン監督で映画化されたノワールの古典的名作

1746 探偵家族／冬の事件簿

M・Z・リューイン
田口俊樹訳

謎のホームレス集団、美女ポケベル脅迫、そして発掘された白骨などなど……親子三代で探偵業を営むルンギ一家のユーモラスな活躍

1747 白い恐怖

F・ビーディング
山本俊子訳

〈ポケミス名画座〉人里離れた精神病院に着任した若き女医。だが次々に怪事件が！　巨匠ヒッチコック監督が映画化したサスペンス